『鎖を解かれたプロメテウス』を執筆するシェリー
(Joseph Severn 画)

訳者まえがき

本書は一九五七年八月二十六日、岩波文庫初版、P・B・シェリー作『縛を解かれたプロミーシュース』の改訳・改訂版である。一九九二年十月十六日の第四刷発行後、品切れ状態であったが、このたび訳詩文を全面的に書き改め、整え、表題も原意をとって『鎖を解かれたプロメテウス』と改めた。

初版の「はしがき」に述べたように、詩文の翻訳には詩文の本質に関わる問題、すなわち、修辞と韻律の問題が伴ってくる。パラフレーズだけが目的であればさほど困難も生じないが、パラフレーズはあくまでも翻訳前段階の、あるいは原詩理解のための一過程・一手段に過ぎず、翻訳と同義ではないからである。英詩において、バラッド・ミーター(弱強四詩脚、第一行四詩脚、第二行三詩脚、四行で一スタンザ)が一般的に親しまれている韻律(コモン・ミーター)だからといって、日本語の一番親しみ深い五七調に移すことが妥当だとする要因はない。まして、等価とし得るものはない。英語は語の音の強・弱を主勢とする言語であり、その組合せと、組合せの数が韻律を作っていく。だが、日本語の場合、アクセントは音の高低が主勢であって、詩歌のリズムはアクセントによるのではなく、音の数の組合せがリズムを作っていく。また、日本語の詩歌は英詩や漢詩の押韻というものを持たない。こういう克服不可能な、根本的な違いが存在する。したがって、最善の方法ということではないが、先の初版においては、韻を踏まない詩型(ブランク・ヴァース)のところは、詩行に分けず、詩的散文で書き流した。これは先達、坪内逍遙のシェイクスピア劇の翻訳に倣(なら)ったのである。そして、その他の詩型による部分、三十五、六種とも言われる詩型によるところは、原詩の詩行の通りに分け、詩文に表現した。

今回の改訳・改訂に当たっては、訳詩文は全面的に改め、詩行はすべて原詩の通りとし、詩行の修辞もでき得る限り保つようにして詩文を整えた。登場人物等、固有名詞のカナ表記についても、英語読みにしていたのを今回改め、ギリシャ語等、原音の読みになるべく準拠するようにした(例えば「プロミーシュース」を「プロメテウス」に改めること等)。また、解説と訳註についてもかなりにわたって加筆した。読者の便に供することと思う。研究文献については、本書の性質上、研究書ではないので、全般的な列記はせず、翻訳に用いたテキストとの関連におけるもののみにとどめた。なお、本文中の聖書の言葉等を反映している箇所や、訳註の中の聖書からの引用は、文語訳聖書に拠った。

改訳・改訂のために筆を執り始めたのは一九八五年、福岡大学定年退職の夏からであったが、一九九四年あたりから約五年間、不慮の事由で長く中断の余儀なきにいたった。そして、ようやく二〇〇〇年十二月二十四日に原稿を書き終えた。

顧みると、わが国におけるシェリー研究の嚆矢となられた土居光知氏、斎藤勇氏の浩瀚な業績は、高峰としてそびえ、爾後のシェリー研究の指標となった。また、その後、海外においてはシェリーの周辺に関する資料が八巻にわたって刊行されたり、オックスフォードのボードレイアン・ライブラリー所蔵のシェリーの手稿が研究者たちによって研究、校訂され(床尾辰男氏はその一員)、次々に出版を見るに至った。これらのことがシェリー研究者に与えた裨益には大きいものがあった。そして、わが国のシェリー研究も、いまや、テキスト・クリティシズム、関係資料(書簡、日記、ノート・ブック等)の研究、綿密な分析、批評、解釈を踏まえた高い水準に達し、欧米の研究に伍するまでに至っている。本書の初版刊行からこのたびの改訳に至るまでに費やされた歳月は長かった。しかし、この長い歳月は、これらの諸研究の恩恵に浴した日々でもあったという思いがしている。

最後になったが、深甚な感謝を岩波書店文庫編集部の市こうた氏に献じる。ここに上梓を見るにあたり、氏によって与えられた多くの配慮と指導への感謝を含め、心からの敬意と感謝をささげるものである。

石川重俊

二〇〇三年九月
東京、三鷹にて

目次

鎖を解かれたプロメテウス

アンピアラオスよ、汝、これを聞くや、
地の下に隠されおりて(1)

序文

ギリシャの悲劇作家たちは、主題として国の歴史や神話のどの部分を選ぶにも、その扱い方としては、意のままに、自由なやり方をした。一般の解釈にこだわったり、筋書きでも主題でも、競争相手や先輩たちがしたようにしなければならないとは決して思わなかった。そんな仕方をしたのでは、競争相手の上に立ちたいということが刺激になって書くのだという主張を棄てることになってしまっただろう。『アガメムノン』の筋書き(1)は、この劇の数と同じくらい違った形で、アテナイの劇場では上演されていたのである。

私も思い切って、同じように自由な行き方をしてみようと思った。アイスキュロスの『鎖を解かれるプロメテウス』(2)は、ジュピターとその犠牲者との和解を想定した。それは、ジュピターとテティスとの結婚が達成されれば、ジュピターの支配を脅(おびや)かす危険になることを、プロメテウスに打ち明けさせること、それを代償としてである。このような主題の見方で、テティスはペレウスに与えられ、結婚させられる。そして、プロメテウスはジュピターに許され、ヘラクレスの手により自由となる。もし私がこれをモデルとして筋書きを組み立てたとしたら、せいぜい、アイスキュロスの失われたドラマの修復を企てたに過ぎないものとなっただろう。それも一つの野心だろうが、もし私がこのような主題の取扱いを好み、その刺激でそのような野心を抱いたとしても、そんな野心は、とうてい比較の及ばぬ挑戦になる。そのことを思えば、そんな野心は当然減じてしまう。しかし、実のところ、私はこの戦士と人類の圧迫者の和解という弱々しい結末が嫌いだ。もしわれわれが、プロメテウスのことを、思いを遂げた不実の敵の前で、かつての昂然たる自分の言葉を翻したり、怯んだりするもののように想像したりなどしたら、彼の忍苦忍耐によって、かくも力強く支えられている物語の道徳的興味は無に帰してしまうだろう。プロメテウスにいくらかでも似ている想像上の存在は、唯一、サタンだけだ。そして、プロメテウスは、私の判断からすれば、サタンよりずっと詩的な性格だ。なぜなら、プロメテウスは、勇気や威風、全能の力に対する強固で忍耐強い反抗心を持っているが、それに加え、野心、羨望、復讐、増長への欲求といった汚点を持たぬものとして描ける余地があるからだ。そのような汚点が、『失楽園』の主人公においては興味を妨げるものとなっている。サタンの性格は人の心の中に有害な詭弁を生じさせる。その結果、われわれは、サタンの過誤と、その受けている虐待とを秤にかけ、後者が度を超しているので、前者を許すようになる。かの壮大な物語を宗教的感情で見るものの心の中には、サタンの性格は、この詭弁よりもさらに悪いものを生じさせる。だが、プロメテウスは、いわば、道徳的、知的天性の最高に完成された典型であり、最も純粋かつ真実な動機によって最高最善の目的へと駆り立てられているのだ。

この詩は、主にカラカッラの大浴場[3]の巨大な廃墟で書かれた。花に覆われた林間、かぐわしい花が咲き薫っている樹々の茂み、それは、どこまでも曲がりくねった迷路のようになって、広い岩棚と、空に高く支えられて並ぶ拱門(きょうもん)のほうへと拡がっていた。あざやかな、青い、ローマの空。あの最も美しい気候の中、活気を呼び覚ます春の力。そして、気持の中にしみ込んできて、陶酔さえ催させる新しい生命(いのち)。こういうものが、この劇の霊感となった。

私の用いる心象が、多くの場合、人の内なる心の働き、あるいは、その働きが表現されるようすがとなっている外なる行為から描き出されたものだ、ということは分かるだろう。ダンテとシェイクスピアには同じような例がたくさんあるが、当代の詩では例外だ——ダンテの場合は、実際、ほかのどんな詩人よりもその例が多く、しかも、非常に成功している。だが、ギリシャの詩人たちとしては、作家として自分たちと同世代の人たちの共感を呼び起こす方策で知られていないものはなく、常にこの力を使い馴れていた、——それで、私の心象の特異性は、このギリシャの詩人たちの作品を研究したことによるのだ、と読者には思ってもらいたい(おそらく、私にはそれ以上の取柄はなかろうから)。

公平な立場から、当然、一言しておかねばならないことがある。それは、当代の作品の研究が私の作品に色づけをしただろうと思われる度合いのことだ。なぜなら、このことは、私の詩より評判がよく、また、まこと、当然もっと評判の高い詩に関しても非難の話題となっているからだ。私はわれわれの先頭の位置に立っている作家たちと同時代に生きるものとして、自分の思想の言葉や調子が、良心的に言って、それら非凡の知性を持つ人々が作ったものの研究から影響を受けることはなかったなどと確信できるものではない。まことに、そのような人々の天才としての精神ではなく、精神そのものの表れとなった色々な形式は、彼ら自身の心の特殊性というより、その特殊性を生み出した心の道徳的、知的状態の特殊性にこそ、いっそう多く基づいているからなのだ。このように、多くの作家は形式を持ってはいるが、同時に、彼らが真似ていると言われる人々の精神には欠けている。なぜなら、形式は彼らが生きる時代の与えるものであるが、精神は自分自身の心から発する稲妻であって、伝え得るものではないからだ。

当代のイギリス文学の特徴である強烈で広汎な心象の特異な文体は、一般的能力として、特に誰という作家の真似から生み出されたものではなかった。大方の素質はどんな時代においても本質的には同じなのだ。ただし、その素質を目覚めさせ、行為に至らせる環境は絶えず変わる。もし、イングランドが四十の共和国に分かれ、その人口と広さが各々アテナイに等しくあれば、アテナイより完全でない制度の下にあったとしても、その各々の国が、まだ誰からも追い越されたことのない人々に匹敵する哲学者や詩人たちを(シェイクスピアは例外としても)生み出さないと考える理由はない。キリスト教という最も古く、最も圧迫的な形式を打ち砕いてしまった民衆の心の強烈な目覚めは、われわれの文学の黄金時代の大作家たちのおかげだと思う。同じ精神の進歩発展も、ミルトンのおかげだ――神聖なるミルトンは、常に覚えておくべきだが、共和主義者であり、道徳と宗教の大胆な探究者だった。われわれ自身の時代の偉大な作家たちは、われわれの社会条件や、それを固め合わせている諸々の見解の、想像もつかぬ変革の友であり、先駆者なのだ。われわれにはそう思う理由がある。精神の雲は集積した稲妻を放射しようとしている。そして、制度と見解の均衡は、いま回復しつつある。否、まさに回復されようとしているのだ。

真似といえば、詩は模倣(ミメーシス)の芸術だ。(4) 模倣はものを創り出す。だが、それは、結合と表現によって創り出すのだ。詩の抽象が美しく、新しいのは、抽象されたものを組み立てている色々な部分が、それ以前には人の心や自然の中に存在しなかったからではなく、その部分の結合によって生み出された全体が、情緒と思想の源泉や、その現代的状態と、ある可知的な、美しい類似を持つからなのだ。一人の偉大な詩人というものは、自然の傑作である。ほかの詩人はこのことを学ぶべきであるというだけでなく、学ばなければならないのだ。それなのに、そういった詩人は、自分の精神はもう目に見える世界のあらゆる美しいものを映す鏡ではない、同時代の偉大な詩人の書き物の中に存在する美しいものは、自分の思索の中には入れないようにしているなどと、分かったつもりで、いともたやすく言ってのけるかもしれないが、偉大な詩人の場合は別として、誰の場合にでもそんなことができると見せかけることは思い上がりだ。その結果は、偉大な詩人にとってさえ無理なことであり、かつ、不自然で何の効果もない。詩人というものは、他者の性質を変化させるほどの内なる力の結合の産物であり、これらの力を刺激し、支える、外なる影響の産物なのだ。詩人は、その一方ではなく、両方なのだ。この点で、人の心は、自然や芸術という対象によって変化させられ、人がかつてその意識に働きかけることを許したすべての言葉や暗示によって変化させられる。人の心はすべてのものの姿が映る鏡だ。その鏡の中でそれらの姿が一つの姿を組み立てる。詩人は、哲学者、画家、彫刻家、音楽家と何ら異ならず、ある意味では自分の時代の創造者であり、また別の意味では被造物だ。この従属関係からは、どんな至高のものであっても免れることはない。同じ類似が、ホメロスとヘシオドスの間に、アイスキュロスとエウリピデスの間に、ウェルギリウスとホラティウスの間に、ダンテとペトラルカの間に、シェイクスピアとフレッチャーの間に、ドライデンとポウプの間にある。それぞれに特有の類似があり、その下でそれぞれの特異性が整えられる。この類似が模倣の結果だというのなら、私は喜んで模倣したと告白する。

この機会に、スコットランドのある哲学者(5)が特に「世界改革の情熱」と呼んでいるものを、私自身持っていると自認することを許してもらいたい。この哲学者がどんな情熱に促されてその本を書き、出版するに至ったかについては説明がない。私の立場としては、ペーリー(6)やマルサス(7)と共に天国に行くぐらいなら、プラトンやベーコンと共に地獄に堕（お）ちるほうがいいと思っている。だが、私が自分の詩作品を、ひたすら直接的な改革遂行に捧げようとしているとか、また、作品の中で私が人生論の合理的体系を幾分でも含めていると思う人がいるなら、それは誤りだ。教訓的な詩は、私の嫌うところだ。詩であるがゆえにこそ冗長に流れず、余分なことにも亘らないものが、散文においても同じようにうまく表現できるものではない。私が今日まで目当てとしてきたことは、ただ、比較的よく選ばれた詩の読者層の高度に洗練された想像力を、道徳的に優れた美しい理想主義に親しませること、そして、心が愛し、尊敬し、信頼し、希望し、耐え忍ぶことができるようになるまでは、この道徳的行為の合理的原理は人生の大道に投じられた種子であり、それが幸福という収穫を生んでくれるものであるにもかかわらず、道行く人はそんなことも意識せずに土中に踏みつけてしまうものだ、ということに気づかせることだった。もし私が生き長らえて目的を全(まっと)うしたとしても、つまり、人間社会の真の要素と思えるものの組織的な歴史を作ったとしても、そのために私がモデルとしてプラトンよりアイスキュロスを選んだのだ、などと思われて、そのような不正義や迷信を擁護する人たちに、いい気になってもらいたくはない。

　何も気取らずに自由に私自身のことを語った。そのことで、誠実な人たちにはいささかの弁明も必要とはしない。だが、不誠実な人たちに対しては、彼らが虚偽の説をなせば、それは、この私自身よりも、彼ら自身の心情や精神のほうが傷つくのだ。そのことを思い知らせてやれば、それでいい。何によらず、人が他者を楽しませ、教える才能を持っているのなら、たとえそれがどんなに取るに足らぬことであっても、その才能は働かさなければならない。その人の試みが功を奏さなかったとしても、目的が全うされなかったということで、その罰は充分受けたものとするべきだ。その人の努力の上に、わざわざ忘却の土を盛るようなことは何人（なんぴと）にもさせてはならない。もし、そのようなことをしたら、彼らが積み上げる土の山は、知られずに済んだかもしれないその人の墳墓を露（あら）わにすることになるからだ。

鎖を解かれたプロメテウス

四幕の抒情詩劇

登場人物

プロメテウス(Prometheus)
デモゴルゴン(Demogorgon)
ジュピター(Jupiter)
大地(The Earth)
大洋神オケアノス(Ocean)
アポロン(Apollo)
ジュピターの幻影(The Phantasm of Jupiter)
大地の精(The Spirit of the Earth)
月の精(The Spirit of the Moon)
時間の精たち(Spirits of the Hours)

ヘルメス(Mercury)
ヘラクレス(Hercules)
アシア(Asia)
パンテア(Panthea)
イオネー(Ione)
（アシア、パンテア、イオネー：大洋神オケアノスの娘たち(Oceanides)）
精たち(Spirits)
こだまたち(Echoes)
ファウヌスたち(Fauns)
フリアエたち(Furies)

第一幕

場面。インド・コーカサス(1)、氷の岩の峡谷。
プロメテウス(2)、絶壁に鎖で繋（つな）がれている。
パンテアとイオネー(3)、その足下に坐っている。
時間は夜。この場の間に、夜が次第に明ける。

プロメテウス

「神」々や「鬼神」(4)ら、ひとりを除く諸々の「精」(5)の王者よ。
彼らが群がって燦然（さんぜん）と輝き回転しているこの世界を、
生けるもののうち、ただ、汝（なんじ）と我のみが
眠らずに見つめている。見よ、この「大地」を、
汝はおびただしき数の汝の奴隷でそをば満たし、
そのひざまずく礼拝、嘆願や賛美、

労役や、数知れぬ様々な絶望の報いとして、
恐怖と恥辱と不毛の希望を与えている。
そして、憎しみのあまり、見境もつかず、我を敵とし
悲惨な境遇の主たらしめた。だが、我はそれに打ち勝ち
汝の復讐を空しく浅ましきものにした。
眠りに守られることのなかった三千年の時、
激しくうずく痛みに刻み分かたれる
一刻一刻の時が歳月のよう。激痛と孤独、
恥辱と失望――これが、わが治める王国――
だが、汝の王国よりは、はるかに栄光に輝いている、
誰も羨まぬ汝の王国に比べれば。おお、大能の神、
まさに汝は大能なるものともなれたのだ。この我が
汝と邪悪な暴逆を共にし合い、ここに懸けられて、
釘打たれることがなかったら。鷲も近づけぬこの山の壁、
暗く、冬のような、死の、果てしないところに、――草もなく、

虫もおらず、獣も、生命(いのち)あるものの姿も、音もないところに。
ああ、ああ、苦しい、いつまでも、永遠に苦しい。

変化も、休息も、希望もない。(6)だが、耐え忍んでいる。
「大地」に尋ねる、その山々は感じなかったのか。
かなたなる「天」に尋ねる、万象を見渡している日輪は
見なかったのか。海よ、嵐のときも凪(なぎ)のときも
常に変化する大空の姿を下界に映し広げる海よ、
その波は心なくも、わが苦悶(くもん)の呻(うめ)きを聞かなかったのか。
ああ、ああ、苦しい、いつまでも、永遠に苦しい。

這(は)い寄る氷河が身を突き刺し、月光に凍る
氷の槍(やり)となる。ぎらぎら光る鎖は、
焼けつくように冷たく骨に食い込む。
翼ある天の犬(7)は、汝の言うままに、

己(おの)がものならぬ毒の中に嘴(くちばし)を入れて汚(けが)し
わが心臓を食い裂く、——得体の知れぬものども、
夢の国のおぞましきものどもが漂い来て、
我を嗤(わら)う、——また、地震の悪鬼らは、命じられて
脈打つ傷口から鋲(びょう)を抜き取りに来る。
岩が背中で割れ、また閉じるときに——
その間にも、深淵からは騒がしく吠え猛(たけ)りながら
嵐の神々が群がり来て、怒(いか)れる旋風を
駆り立て、激しい叫喚を浴びせ(8)、我を苦しめる。
だが、我は昼をも夜をも喜び迎えている。
昼が朝の白い露を消し去るときも、
夜が星と共に微(かす)かに、また、ゆるやかに
ほの暗い東の空に昇り来るときも、——そは、昼と夜が、
翼なく、這い進む「時間」たちを導き、その一つに(9)
——邪悪な祭司が、いやがる生贄(いけにえ)を引きたてるように——

残忍な王よ、汝を引きずり来させ、蒼白(あおじろ)いこの足の血を
口でぬぐわせるようになるからだ。汝を踏みにじりもしただろう、
この足は。そのようにひれ伏す奴隷を蔑(さげす)まぬとも。
蔑む――ああ、否(いな)。哀れと思っているのだ。(10)「破滅」が
汝を広い「天」に追いやってしまう。護るものもなく。
汝の魂は恐怖のあまり、深い奥底までも裂け、内から
地獄(11)のように口を開けるようになる。悲しんで言うのだ、
勝ち誇ってではない。もはや憎しみは持っていないからだ、
悲惨な経験が賢くしてくれなかったあの頃とは違う。
かつて汝に向かって吐いたあの呪いの言葉(12)は棄ててしまいたいのだ。
多くの声を持つ「こだま」たちが、大滝の飛沫(しぶき)の霧をぬい、
雷鳴のようなあの呪いの言葉を響き返した汝ら、「山」々よ、(13)
寒さに縮み、しわを寄せ、よどみながら、
わが言葉を聴いて震え、おののきつつ、
インドを這って行った汝ら、氷の「泉」たちよ、太陽が

光線を放たずに燃え、歩み行くところ、汝、爽（さわ）やかな「大気」よ、
また、空中に翼を止め、羽音をたてず、翼を漂わせ、[14]
かなたなる静まりかえる深い海の空の上にいては
汝の音をしのぐ轟音（ごうおん）の雷鳴のように、円（まる）い世界を揺るがした
汝ら、「旋風」たちよ、もし、あの時のわが言葉に力があったのなら、
たとえ、わが心は変わり、いまはひとかけらの悪しき思いも
心の内になくとも、――憎しみの記憶すらなくなっていても、
あの言葉に、いま、その力を失（な）くさせるな。
あの呪いはどんなことだったか、汝らはみな、聞いているのだ。

第一の声（山々の）
三十万の三倍[15]もの歳月のあいだを
　われらは地獄のねぐらに立っていた――
人間が恐れ震えたように、幾たびか
　数知れぬわれらもおののいた。

第二の声（泉たちの）
雷（いかずち）はわれらの水を涸（か）らし、
　われらは惨（いた）ましき血に汚（けが）され、
虐殺の叫びの最中（さなか）には、声もなく、
　都を、荒れ野を、流れていった。

第三の声（大気の）
大地が生まれてから、われらは荒れたその地に、
　大地のものならぬ色の装いをさせた。[16]
また、静かなるやすらいは幾たびも
　断腸の呻きに引き裂かれた。

第四の声（旋風の）
われらはこの山々の下を漂っていた、

ひと時も休まぬ永き代を――雷も、
はるかかなたの火山の燃ゆる泉も、
　上にある力も、下にある力も、
かかる驚異でわれらを黙させはしなかった。

第一の声

われらの雪の頂きが、かくもうなだれたことはない。
あなたの苦しみの声を聞いたときのようには。

第二の声

これまでに、こんな声の音を
インドの海に運んだことはない。
荒れ狂う海の上で眠っていた船乗りが、
悶え苦しんでデッキに躍り上がり、
その声を聴いて叫んだ。ああ、悲しい、と。

そして、荒れ狂う波のように狂い死んだ。

第三の声

大地から天に達する、こんな恐ろしい言葉で
わたしの静かな国が引き裂かれたことはなかった——
裂[17]かれた傷が閉じたとき、暗黒が立ちのぼり、
血のようになって昼を覆った。

第四の声

そして、われらはたじろいだ——破滅の夢が
われらの翼を駆り立て、凍れる洞穴に至らしめ、
われらを沈黙させたからだ——このように——このように
沈黙は、われらには地獄にも等しいものなのに。

大地[18]
切り立った山々の、もの言えぬ洞穴たちが
「惨ましい」と叫んだ——すると、広大な天はそれに
「惨ましい」と答えた。それから、海原の紫色の波が
陸に上がり、激しく打ちつける風に向かって吠えた。
国々の蒼ざめた民らには、それが「惨ましい」と聞こえた。

プロメテウス
さまざまな声の響きが聞こえた——それは
この口から出したものではない。母よ[19]、あなたの子らとあなたは
そのもの[20]を侮っているが、何事にも耐えるそのものの意志がなかったら、
ジョゥヴ[21]の恐るべき全能の力のもとでは
あなたの子らも、あなたも、消え失せていたのだ、
朝風に吹かれ、広がっていく霧のように。私を知らないのか、
タイタンの一族の私のことを。その苦しみを障壁にして、

私以外をみな征服している、あなたたちの敵に立ち向かった私を。[22]
ああ、あの岩に囲まれた芝生、雪に育（はぐく）まれた流れ、
今は眼下深く、はすかいに、暗く、冷たい水蒸気が見える、
そこに覆い茂る森を、その昔、私はそぞろに歩いた、
アシアと共に、[23] その愛の目の生命（いのち）を飲み尽くしながら——
それなのに、その子らに生命（いのち）を与えている「精」[24]は今、
何故、私と快く話そうとしてくれないのか。
悪魔が曳（ひ）く車を阻（はば）むもののように、
あの偽りと力を阻んだ私とだけなのに。
かのものは最高の統治をし、苦しみ悩む奴隷の呻きで
あなたの薄明かりさす谷間や水の広野は満ちみちている、——
汝らは何故、まだ答えないのか、兄弟たちよ。

大地

彼らにはとてもできない。

プロメテウス

では、誰にできるのか。あの呪いを聞きたい、もう一度。
ああ、なんと恐ろしい囁き(ささや)[25]が立ちのぼって来ることか。
音のようではない――びりびりと体じゅうに響く、
雷(いかずち)が落ちる前に、光りながら響くように。
話せ、「精」よ。組織の違うあなたの言葉から分かるのは、
ただ、近づいてくるあなたの気配、
そして愛だ。[26] 私はあの王者をどう呪ったのか。

大地

あなたにはどうしたら聞けるのだろう、
死者の言葉を知らぬあなたには。

プロメテウス

あなたは生ける精、――精たちのように話せ。

大地

生けるもののようにはとても話せない。残酷なあの王が
聞いて、わたしを苦しい罰の車にくくりつけたりはしないかと思うのだ、
いま乗っている車よりもっと苦しい車に[27]。
あなたは聡明（そうめい）で善良。神々には
その声が聞こえなくとも、あなたは神にも勝り、
思慮深く、心優しい――さあ、聞け、真剣に。

プロメテウス

脳髄の中を、微かに、ほの暗い影のように
恐ろしい思想がさっと、群がりながらかすめゆく。
抱き合い、愛の中で一つとなったもののように気が遠くなる、――
だが、それは歓びとは違う。

大地

　　　　あなたには聞くことができないのだ、――
あなたは不死のもの。この言葉はただ
死ぬべきものにしか通じないのだ。

プロメテウス

　　　　では、あなたは何か、
おお、その悲しげな声よ。

大地

　　　　わたしは大地、
あなたの母、――わたしの石の血管の中を
高い樹の繊維の先端までも、
そのわずかの葉は凍った空気の中で震えた、

喜びが走った、生ける体内の血液のように。
そのとき、あなたはそのものの懐から栄光の雲のように、
はつらつとした喜びの精として立ち上がった。(28)
そして、あなたの声を聞き、悩めるわが子らは
汚れた土に身を伏せていたその顔を上げた。
すると、あの全能の暴君は激しく恐れ、
色を失い、ついにその雷電の鎖であなたをここに繋いだ。
それからは、まわりを燃えつつ旋回る幾百の世界、
そこに住むものたちは、わたしの球の輝きが
広い天の中で次第に失せていくのを見た、——海原は
異常な嵐に立ち騒ぎ、新しい火が
地震に裂け、まばゆい雪を戴く山々から噴き出し、
顔をしかめる天の下で、不吉な髪の毛を震わせた、——
稲妻と洪水が数々の平野を悩ました、——
青いあざみの花(29)が都市に咲いた、——食べ物のないひき蛙(30)が

淫(みだ)らな寝床に喘(あえ)ぎながら入り込んでいった、――
疫病が人間や獣や虫けらに起こった。
飢饉も、また、黒い涸凋病(こちょうびょう)が草木(そうもく)に、――
穀物や、葡萄(ぶどう)や、牧草にも
根絶やしのできない毒草がはびこり、
その成長を枯らした。わたしの胸が涸れたからだ、
悲しみのために、――薄くなった空気[31]、わたしの息、
母としての憎しみに染まり、汚(けが)れてしまった、
子を滅(ほろ)ぼしたものに吐きかけたから、――そのとき、聞いたのだ、
あなたの呪いの言葉を。あなたは憶えていなくとも。
それでも、わたしの数知れぬ海や、河、
山々や、洞穴、風、また、かなたなる広い大気、
物言わぬ、死せる人々は
秘めた呪いの言葉を保っている。われらはみな、
ひそかに喜び、望み、その恐ろしい言葉をじっと思っている。

だが、どうしても口には出せないのだ。

プロメテウス

　　　　　　年老いし尊き母よ。
生き、苦しんでいる他のものはみな、あなたから
慰めを受けている、――花、果実、楽しい調べ、
また、束の間にせよ、愛を、――これが与えられずとも、
私自身の言葉だけは、聞かせてもらいたい。

大地

聞かせよう。バビロンがまだ塵(ちり)とならぬ頃、
わたしの死せる子、僧ゾロアスター[32]は、
庭を歩く己(おの)が幻に出遭った。
かかる幻影を見たものは、人のうちでは彼のみ。
そは、生と死なる二つの世界があるということなのだ、――

一つは、あなたが見ているもの、――もう一つは
墓の下にあり、そこに住むものは
ものを思い、生命(いのち)あり、形ある、すべてのものの影、
死が結んで一つとし、もはや離れぬものたち、――
さまざまな夢、人々のはかない想い、
また、信念が作り、愛が欲するすべてのもの、
恐ろしく、妖(あや)しく、崇高で、美しい形あるものなど。
そこに、もがき苦しむ影のあなたがいる、そして懸けられている、
旋風が群がるところに、――すべての神々が
そこにいる。世界を支配する名状しがたいあらゆる霊力が、
おびただしい数の、笏(しゃく)を持つ幻影、――英雄や人間や獣が、――
そして、恐ろしい暗黒のデモゴルゴンも[33]、――
そして、暴虐なる最高の権力、かのものも燃えさかり輝く
王座にいる。わが子よ、これらのもののどれかに言わせよう[34]、
みなが記憶しているあの呪いの言葉を。自由に呼び出せ、

あなた自身の幻でも、ジュピターの幻でも、
ハデス[35]でも、テュポン[36]でも、それより力まさる神々でも。
あなたの没落以来、多産となった悪から生まれ、
ひれ伏すわが子らを踏みしだいた神々でも、
尋ねよ、そうすれば彼らは必ず答える――いと高きものの
復讐も、虚(うつ)ろなる幻影たちの中を通り抜ける。
雨や、風が、崩れ落ちた宮殿の荒れ果てた門を
通り抜けて行くように。

プロメテウス　　母よ、何事にあれ、
邪悪らしきこと、わが唇をかすめるようなことは
もうさせまい、我に似るいかなるものの唇をも。
ジュピターの幻よ、現れよ、その姿を現せ。

イオネー

翼をたたみ、耳を覆う――
　翼を交わし、目を覆う――
されど、銀（しろがね）の翼を通し、
　音を和らげる羽毛の中に
一つの姿、一群の音が現れる――
　あなたに危害のないように、
ああ、そんなに傷を負っているあなたに。
わたしたちの美（うる）わしい姉ぎみのため、あなたの身近にいて、
わたしたちは、いつもこのように目を覚まし、見守っている。

パンテア

あの音は黄泉（よみじ）の旋風、
　地震と、噴火と、山々の裂ける音、――
その音のようにおぞましい姿。

深い紫色の装い、ちりばめる星。
淡い色の黄金の笏を持つ手、
悠然と雲を踏む尊大な足構え、
　静脈も露わなその手。
残酷な様、だが、平静で強くも見える、
ひとには悪を行なうも、己が身には悪を被らぬもののように。

ジュピターの幻影

何故に、妖しげなこの世界の神秘な霊力どもが、
脆く、虚ろな幻影たる、この我をここに駆り立てたのか、
すさまじい嵐に乗せて。聞き慣れぬこの音は何だ、
昼のあたりでためらっている、この声は、
蒼白い仲間らの恐ろしい話し声のようではない、
闇の中の。それから、堂々と耐えているお前は誰だ。

プロメテウス

畏怖の念を起こさせるものよ、汝は
あのものを現しているものに相違ない。我こそはそのものの敵、
タイタンだ。話せ、聞きたい言葉があるのだ、
どんな想いも、汝の虚ろな声に生命を与えはしなくとも。

大地

聞け。そして、お前のこだまたちに、言葉はないだろうが、
灰色の山々や、古い森、精たちが出没する泉たちよ、
予言するものたちの住む洞穴よ、島を中に作って流れる川よ、
喜べ、お前たちには話せない言葉が聞けるのだ。

幻影

一つの精が我を捉え、わが内でものを言う――
我を引き裂く、火が雷雲を引き裂くように。

パンテア

見なさい(37)、かのものが、いま、大いなる顔を上げる。
天が暗くなる。

イオネー

そのものが話す。おお、わたしを護って下さい(38)。

プロメテウス

あの呪いが見える。傲慢(ごうまん)で冷淡な素振りに、
かたくなな挑戦、平然たる憎悪、
失望を自嘲する笑みに。
巻物に書かれているようだ……　さあ、言え——おお、言え。

幻影

悪鬼よ(39)、我は、平静な堅い心で汝に挑戦する。
汝のなし得るすべてを尽くして我を苦しめてみよ、――
神々と人類との忌まわしい暴君よ、
　唯一の存在だけは、汝に征服させはしない。
　　さらば、汝の疫病をここに、わが身に雨と降り注げ。
恐ろしい病気、心を狂わせる恐怖をも、――
また、霜と火とをこもごも
　　わが体に食い入らせよ。また、汝の怒りを
稲妻や、肉を裂く霰や、無数のフリアエ(40)として
烈しい暴風に乗せ、来らせよ。

然り、汝の悪の極みをなせ。汝は全能なのだ。
汝のほかのすべてを統治する権能を、我は汝に与えた。
だが、わが意志は別だ。汝の禍をすみやかに

かなたの空の塔から送り、人類を滅ぼせ。
復讐の心に満ちた汝の霊をうごめかせよ、
暗闇の中で、(41) そして我が愛するものたちに覆いかぶされ——
我にも、わが愛するものにも
汝の憎悪の拷問の限りを尽くしてみよ、
このように、あくまでも、眠らせず苦悶させるがいい、
頭を垂れぬこの我を、汝が高きところで支配しているうちは。

だが、汝、神にして主なるもの——おお、汝、
この悲しみの世界を汝の魂で満たしているものよ、
地と天のすべてのものが汝に頭を下げ、
恐れ、拝している——すべての上に力を持つ敵よ、
我は汝を呪う。苦しむものの呪いが
苦しみを与える汝に絡みつけ、呵責のように、
そして、ついには汝の無限は

嫌悪の衣となり、――
汝の全能は苦痛の冠となって、
汝の溶ける脳髄に燃える黄金のようにまといつけ。

この呪いの力によって、汝の魂の上には
悪しき業（わざ）が積まれ、善き業を見ては呪われよ、
悪しき業も善き業も無限だ、宇宙のように、
また、汝も汝自身を苛（さいな）む孤独もだ。
汝は、いま、静かな力の恐るべき姿として
坐っているが、時至らば
汝は己（おの）が正体を現すようになる、
その内なるものの姿をば、――
そして、偽りと空しい罪の数々を犯した後、
無限の時空をずり落ちていく汝に嘲笑が随（つ）いて行くのだ。

プロメテウス
これがわが言葉か、わが母よ。

大地
これがあなたの言葉。

プロメテウス
後悔する、——言葉は性急で空しいもの、——
悲しみはしばし盲目、わが悲しみもそうだった。
生けるものは誰一人、苦しみを味わうものなかれと願う。

大地
ああ、悲惨なことになる、(42) 悲惨なことに。
ジョゥヴがついにあなたに勝ってしまうとは。
哭(な)け、大声で喚(わめ)け、地よ、海よ。

　この「大地」の裂けた胸に答えさせよう。
喚け、生けるものと死せるものとの精たちよ、
あなたたちの避け所、護りはもう倒れ、敗れてしまった。

第一のこだま

　もう、敗れてしまった。

第二のこだま

倒れ、敗れてしまった。

イオネー

恐れることはない、――あれは、ただ、束の間の痙攣（けいれん）、
　タイタンは、いまでも敗れてはいない。
けれども、見よ、天の紺碧色（こんぺきいろ）の裂け目、
　かなたなる雪山のぎざぎざの頂き、

はすかいに吹いている風を踏む足に
　履く、金色のサンダルが
紫色に染まった羽毛の下で、
紅（べに）ばら色の象牙のように輝き、
　いま、一つの姿がやって来る。
右の手を伸ばし、高く掲げる
　蛇の絡（から）みついた杖。

パンテア

あれは、ジョウヴの使者、世界をさまようヘルメス。[43]

イオネー

また、あれは何者、たくさんの蛇を髪の毛とし、
　鉄（くろがね）の翼で風を登って来る。
それを、いかつい顔の神が制し止めている。

うしろに立ち込める雲霧のように、
大きな響きを出しているあの果てしない群れは。

パンテア

それは、嵐を踏んで来るジョゥヴの犬ども。
その犬どもに、呻きと血とをたらふく食わしているのだ。
硫黄のような雲の上に車を駆り立てて
　天の境界に侵入して来るときに。

イオネー

犬どもは、おいしくもない死者たちのところから連れてこられ、
新たな、苦悶死しているものを食わせてもらうためなのか。

パンテア

タイタンの様子はいつものように、動ぜず、驕（おご）らない。

第一のフリアエ

あ、生命のにおいだ。

第二のフリアエ

あいつの眼の中を覗かせろ。

第三のフリアエ

あいつを苦しめてみたい。屍のにおいが、
戦いのあとで死体に群がる鳥ににおってくるようだ。

第一のフリアエ

ためらうのか、おお、使者ヘルメスよ、勇気をだせ、
地獄の犬どもも。マイアの子たるお前は、いったい、どうする気だ、
われらの餌食や、弄びものにでもなったら、誰がいつまで、

全能なる彼の機嫌をよくしておけると思うか。

ヘルメス

お前たちは、鉄(くろがね)の塔に帰り、
歯がみしておれ、火の河、嘆きの河のほとりで、
食べ物もなく。ゲリュオン[44]よ、立て。ゴルゴン[45]も、
キマイラ[46]も、一番ずるがしこい悪鬼スフィンクス[47]も。
テーバイ[48]に天の毒酒を与え——
不自然な愛を、さらに不自然な憎しみを与えたもの——
このものたちに、お前たちの仕事はさせる。

第一のフリアエ

ああ、赦(ゆる)せ、赦してくれ。
われらは死ぬほどそれが欲しいのだ。われらを追い返すな。

ヘルメス

では、おとなしくうずくまっておれ。
　　　　　苦しみに耐えている畏(おそ)るべきもの(49)よ、
ここに、汝のところに来たのは、本意ならず、まことに不本意だが、
大いなる父の意志で遣わされたのだ、
新たな報復の刑罰を執行するためなのだ。
ああ、汝が哀れだ、そして、自分がいやになる。
これ以上は何もできない——ああ、汝の有様を
見て帰れば、しばしは天の国も地獄に見えることだ。
汝のやつれきった姿が、夜も昼も追いかけてくる。
非難の微笑(ほほえ)みも。汝は、聡明で、動ぜず、善良だ。
だが、独り争い闘うのは無駄だ、
全能なるものに逆らって、——かなたなる、清(さや)かな灯火(ともしび)が
もの憂い歳月を計り、刻み分けて、
何者をもそこから逃さず、永く教えてきたではないか、

また、永く教えるに違いない。汝を苛んでいるものは
今の今も、妖しげな、想いも及ばぬ責苦の力を
地獄で永い責苦を企(たくら)む霊力たちに備えさせている。
そして、わが任務は、彼らをここに連れて来ることなのだ。
地獄に住む、もっと狡(ずる)がしこく猛々(たけだけ)しいものたちを。
そして、彼らに仕事をさせることなのだ。
そうはさせたくない。秘密がある(50)のだ。汝だけが知り、
ほかの生けるものたちには知られていない秘密が。
それは、広い天の王国の主権を移すかもしれない、
その恐怖は至高の統治者を迷わせる。
その秘密に言葉の着物を着せ、彼の王座にしがみつかせ、
執り成しをさせよ、——心から、頭を垂れて願え。
そして、華麗な寺院で願いごとをするもののように、
傲慢な心の中にある意志を跪(ひざまず)かせよ——
恩恵と柔和な従順は、

いと猛々しい権力者の心を和らげるからだ。

プロメテウス

　　　　　　　　　　　　　　　悪の心は
善をも悪しき性(しょう)に変える。かのものが持っているものはみな、我が
与えたものだ――その返報にこの我をここに鎖で繋いでいる。
幾歳月、幾世々、昼も夜も――太陽が
わが干からびた皮膚を裂こうとも、月の夜、
結晶した翼を持つ雪が髪の毛にまつわろうとも――
その間(かん)にも、わが愛する人類は踏みにじられている、
ジュピターから派遣され、その意を遂行するものらに。
これが暴君の仕返しなのだ――正当だと言っているのだ――
悪なるものは善を受け入れはしない、――
世界をもらったことにも、いまは友でなくなったものにも、
憎しみ、恐れ、恥辱を感じこそすれ――感謝などはしない――

己は悪を行ないながら、この我には仕返ししかしない。
そのようなものへの優しさは、厳しい咎めとなり、
復讐の浅い眠りを激しく刺し破る。
屈伏してみせることなどはできない、汝の知るところだ――
そは、また、いかなる屈伏も、かの運命を決する言葉以外に、
また人類の幽囚を決するあの言葉以外に、
かのシチリア人の頭上[51]に髪の毛で吊るされた剣のように
王冠の上で震えるあの言葉以外に彼は何を受けるだろう。
それとも、我にそれを明かせというのか。明かすつもりはない。
ほかのものにさせよ、不正なるものへの諛い、王座にいる
かりそめの全能者などへの諛いなどは――彼らに危険は及ばない――
それは、正義が勝利をおさめると、
自らを虐待したものに涙し、嘆き哀れみはしても、罰しはしないからだ。
過ち迷うものは、それだけで、報いは充分に受けている。我は待つ、
このように耐え忍びながら、応報の時を。

それは、われらが語って以来、もう近づいてすらいる。
だが、聞け、地獄の犬どもが喚（わめ）いている――ぐずぐずするな――
見よ、天は汝の父の不機嫌な顔の下で憂鬱（ゆううつ）になっている。

ヘルメス

ああ、こんなことはせずにすましたい――この我が
汝を苦しめ、汝が耐え忍ぶとは。もう一度、答えよ――
あなたは、ジョゥヴの権能（ちから）の終わりの時を知らぬというのか。

プロメテウス

その時の必ず来るのを知っているだけだ。

ヘルメス

ああ、
汝には、この先の苦痛の歳月が数えられないのか。

プロメテウス

そは、ジョゥヴが統治する間は続く——それより多くも、少なくも
望みはせぬ。恐れもせぬ。

ヘルメス

　　　　　　　　　　　　　だが、しばし、想いを
永遠の中に沈めてみよ。そこでは、一刻一刻の時も
われらの想像するものすべても、時代も、世代も、
一つの点にしか見えない。そして、心は不本意にその中を
果てしもなく飛びまわり、疲れ、ためらい、ついには
目がくらみ、見えなくなり、やつれ、護るものもなく沈んでいく。
おそらく心は、その鈍い歳月を数えられなくなるのだ、
執行猶予のない拷問を受けて過ごさねばならぬ、その歳月を。

プロメテウス
おそらく、それを数え得る思想はない。それでも、その歳月は過ぎ行く。

ヘルメス
汝は神々の中に住み、歓楽の悦びの
中に浸りきることもできたのに。

プロメテウス
我は去らぬ、
この寂しい、荒れ果てた峡谷からも、この悔いなき苦痛からも。

ヘルメス
ああ、分からない。だが、哀れだ。

プロメテウス

哀れなのは、自ら恥じている天の奴隷ども、
この我ではない。わが心の内には静かな平和が坐している、
太陽の中に光が君臨するように。話すも無駄だ。
さあ、悪鬼らを呼べ。

イオネー

　ああ、姉ぎみ、ごらんなさい。白い火が、
かなたの、雪を戴いた、巨大なヒマラヤ杉を根元まで裂いてしまった、――
そのうしろの方で轟音をあげる神の雷鳴の凄（すさ）まじいこと。

ヘルメス

彼の言葉も、汝の言葉も聞かねばならぬ。ああ、
わが心に懸かる痛恨の、この重さよ。

パンテア

ごらん。天の子[52]が、翼のついた足で、
はすかいに差すあけぼのの太陽の光を駆け降りて行く。

イオネー

姉ぎみ、翼を閉じて、眼を覆いなさい。
あれを見て死ぬといけない――かれら[53]がやって来る――やって来る、
数え切れぬほど、翼をそろえ、朝の誕生を暗くし、
その下を、充たし足らない死のようにして。

第一のフリアエ

プロメテウスよ。

第二のフリアエ

不死のタイタンよ。

第三のフリアエ

　　天の奴隷の擁護者よ。

プロメテウス

何か恐ろしい声が呼んでいる、そのものならここにいる。
プロメテウスだ、鎖に繋がれているタイタンだ。ぞっとする姿のもの、
お前たちは何者だ、誰だ。未だかつて、やって来たこともなかった、
こんな醜い幻は。怪物が充満している地獄を通って来る。
よからぬ創造物が詰まっているジョゥヴの脳髄から来たのだ。
こんな忌まわしい姿のものを見ていると、
見つめている、そのもののようになってしまい、
その忌まわしいものと想いを共にして笑い、見つめてしまいそうになる。

第一のフリアエ

われらは苦痛と恐怖の使者、
失望、不信、憎悪と、
まといつく邪悪の使者だ、――やせ犬が、
森や沼を駆けまわり、傷つき喘ぐ仔鹿を追うように、
嘆くもの、血を流すものなど、すべてを追いかけて生きている。
そして、大いなる王は、それらのものを餌食としてくれる。

プロメテウス

名は一つだが、多くの恐るべき性を持つものたちよ、
我は汝らを知っている。そして、これらの沼やこだまは、
汝らの羽ばたきの暗黒と響きを知っている。
だが、何故に、忌まわしい汝自身よりもおぞましいものたちを
深い淵からかくも無数に呼び集めてくるのか。

第二のフリアエ
そんなことは知らない。姉妹らよ、歓べ、歓べ。

プロメテウス
そんな醜いものの何が喜べるか。

第二のフリアエ
美しさ、嬉しさが、恋するものたちを悦ばせ、
互いを見つめ合わさせる――われらもそうだ。
ほの白い顔の尼僧が、跪いて摘み、
祭の花の冠とするばらの花から、
淡い紅色が落ちてきて、その頬を染めるように、
われらの獲物となるものの宿命の苦悶から、
われら自身の姿なる影が落ちてきて、着物となり、われらを包む。
そうでなければ、われらは形なきもの。われらが母、夜のように。

プロメテウス

愚かなことだ、汝らの力、汝らを遣わしたものの力など。
嘲笑の限りだ。注げ、この責苦の杯に。(54)

第一のフリアエ

われらは、汝の体の骨を次から次と引き裂き、
その神経を引き裂く、体じゅうに火のように働いて。そう思っているだろう。

プロメテウス

苦しみはわが本領、憎しみが汝らの本領であるように。
さあ、引き裂くがよい――かまわぬぞ。

第二のフリアエ

汝が思っていることはこうなのか、

われらは、汝の瞬（またた）きせぬ眼の中に笑ってやるだけだとでも。

プロメテウス

我は推し量っている。汝らの仕業のことではなく、
苦しむことを思いはかっている。残酷だ、
汝らを光明の中に呼び出した力は。そんな惨（みじ）めなものは、ほかにない。

第三のフリアエ

汝が思っているのはこうなのか。われらは次々と汝の中に生きていく、
生命（いのち）ある生き物のように、そして、内に燃える魂[55]を曇らすことは
できぬまでも、その魂のかたわらに住みつき、
いたずらに大声で叫ぶ群衆のように、
賢者たちの満ち足りた心を騒がせる、——
そして、汝の脳髄の中にひそみ、恐ろしい思想となり、
愕然（がくぜん）とする汝の心にまつわって忌まわしい欲望となり、

汝の迷路のような血管の中に入って、欲情の血となり、
苦悶のようにのたうちまわる、と。

プロメテウス

　　　　　　　　それが何だ、もうここに来ているではないか、——
だが、我は我自身の王、
内なる責苦と葛藤の群れを治めている。
地獄が反逆すれば、ジョゥヴが汝らを治めるように。

フリアエたちのコーラス

地の果てのすみずみから、地の果てのすみずみから、
夜の墓、朝の誕生のあるところから、
　　来(きた)れ、来れ、来れ、
おお、汝ら、歓楽の叫びをあげて、山々を揺るがすものら、
数々の都市(まち)は破壊されて消滅する、——また、汝ら、

翼をたたみ、海上に止まって歩きまわり、
難破船と飢餓の航路へと近づいては、
飢え死んだものの上に坐り、喜び、さざめくものらよ、——
　来(きた)れ、来れ、来れ、

卑しい、冷えきった、血の寝床を
死せる国中に散らしておけ、——
憎しみを、灰の中の残り火が
　またいつか燃え上がるようにしておけ——
それは、さらに破壊の火と燃え上がる、
　汝らが帰って来て、かきたてれば——。
己を蔑(さげす)む心を植えつけておけ、
官能に酔いしびれる若者らの精神の中に、
　悲惨という燃料、未だ燃え立たぬ燃料として——
地獄の秘密は、半(なか)ば開いたままにしておけ、
　狂気の夢想家のためには——。汝らは

ますます残忍になる。憎しみよりは、
恐怖のために。
来(きた)れ、来れ、来れ、
われらは地獄の広い門[56]から霧の煙のように昇って来て、
大気の風を悩ませる、
だが、われらの働きは空しいのだ、汝らが来るまでは。

イオネー

姉ぎみ、雷鳴のような音の、新しい羽ばたきが聞こえてくる。

パンテア

その音のために、この堅い山々が震える、
わななく空気のように——その翼の影は
わたしが羽毛で覆ったところを、夜よりももっと暗くする。

第一のフリアエ

お前たち[57]の呼び出しは、翼ある車のよう、
旋風に駆り立てられ、速く、遠く、――
戦争の血の渦中からわれらを運んだ、――

第二のフリアエ

飢餓に荒れ果てた多くの広い都市（まち）から、――

第三のフリアエ

呻きを聞くも半ばにし、血も味わわずに、――

第四のフリアエ

厳（いか）めしい、冷酷な、王の秘密会議[58]、
血が黄金で売り買いされるところから、――

第五のフリアエ

白熱の溶鉱炉から、
その中で――

フリアエの一人

ものを言うな――囁くな――
言いたいことはみな分かっているが、
言えば、あの魔力は破れてしまうかもしれぬ。
それは、かの打ち勝ち難いものを屈伏させる魔力なのだ、
不撓の思想のかのものを、――
彼は今もなお、地獄の最強の力をものともしていない。

別のフリアエ

幕を切り落とせ(59)。

さらに別のフリアエ

幕は切り落とされた。

あけぼのの、ほの白い星が、

コーラス[60]

耐え難く恐ろしい悲惨なものを照らし輝く。
気を失っているのか、タイタンよ。われらは汝をあざ笑い、蔑む。
汝が人間に与えて目覚めさせた輝かしい知識が誇りなのか。
だが、人間の心の中には、渇きが燃やされた。
涙をもってしても消しがたい渇き、激しい熱のような渇き、
それは、永遠に人類を焼き尽くすもの、希望、愛、疑い、欲望。
優しく善なるものが、[61]
血に汚(けが)されたこの地上に微笑(ほほえ)みながら来た、——
その御言葉(みことば)[62]はいつまでも残り、作用のはやい毒薬のように、
真理や、平和や、思いやりの情を枯らした。

見よ、広い地平線のあたり、
　幾百万人の住む都市（まち）が、
明るい大気に戦いの煙を吐いている。
聞け、あの失望の叫びを、
そのものの穏やかな、優しい幻だ、
　彼が燃やした信仰を嘆き悲しんでいる。
また、見よ。もはやその焔（ほのお）は、
蛍の灯火（ともしび）ほどになってしまった。
生き残ったものたちが、その燃えさしのまわりに
　集まり、おののいている。
　　　喜べ、喜べ、喜べ。
過去の時代が汝(63)に群がる。だが、ひとつひとつは記憶している、
そして、未来は暗い。そして、現在が広がる、
眠れぬ汝の頭をのせる茨の枕のように。

セミコーラス(一)

血の苦しみが滴(したた)り流れる。
あのひとの蒼白い、痙攣(けいれん)する額(ひたい)から。
少しなりと痛みをやわらげさせたまえ。
見よ、幻滅の国民[64]が
荒廃から日のように立ち上がる、——
その国は真理に献(ささ)げられ、
自由[65]は真理を友として導く、——
団結した同朋の無数の群れ、
愛は彼らを子らと呼ぶ——
　　　　　これは、別のものの子ら[66]だ——

セミコーラス(二)

見よ、血族が殺し合う。
死と罪の刈り入れだ、——

血は、新しき葡萄酒のように泡立つ、――
　そして、ついに失望が、
あがき苦しむ世界の息の根を止め、屈従するものらと暴君が勝つ。
〔フリアエたち、一人を残して全部消える〕

イオネー

姉ぎみよ、聞いて。低いけれども恐ろしいあの唸り声、
かき乱してはいないか、抑え難い心を、
あの善なるタイタンの心を。嵐が海をかきたてると、
内陸の洞穴の中で、動物たちが、その海の呻きを聞く時のようではないか。
見てみるか、あの方を痛めつけている有様を。

パンテア

ああ、二度見た。もう、見ないつもり。

イオネー
何を見たのか。
パンテア
　　　　　　　　　　悲しい光景——一人の青年が
苦しんでいた。苦痛の顔。十字架に懸けられていた。
イオネー
そのつぎは、何を。
パンテア
　　　　　　　　　　天のいたるところ、下は地に、
人類の死体が厚く重なり群がっていた。
なんとも恐ろしいこと。みな、人の手によってなされた。
そして、あるものは人の心の仕業のように見えた。

人々は、恐ろしき顔のもの、冷笑するものらに、徐々に殺された――
ほかには、語れば生きてはおれぬような忌まわしいものらが
ぶらついていた。もっと恐ろしい目に遭わぬよう、
これ以上、見ないようにしよう。あの唸り声の恐ろしさ。

フリアエ

象徴を見よ――人類に対する[67]
非道な行為や、軽蔑や、鎖を耐え忍び、
なお千倍の責苦を自らにも、人類にも積むものたちを。

プロメテウス

その激痛に燃える凝視はやめよ、――
色褪せた唇を閉じよ、――茨に傷ついた額[68]から
血を流させるな――　血が涙といっしょになっている。
悶える眼球を平安と死の内にやすらわせよ、

そうすれば、弱々しいあがきが十字架を揺るがしもせず、
蒼白い指が血のりを弄(もてあそ)びもしないのだ。
おお、恐ろしい。あなたの名は口にすまい、――
それは、呪いとなってしまった。(69) 見える、見える
智者、温和なるもの、高潔の士、正義の人々が。
あなたに隷従するものら(70)は、この人々があなたに似るがゆえに彼らを憎む、――
そのために汚き虚言を浴びせられ、愛するもののところから追われるものもいる。
年若き時に選び、後の嘆きとなるようなもののところ、――
目かくしされた白豹(71)が、追い立てられた雌鹿に絡(から)みつくように、――
不快な監獄の中で、死体に繋がれるものもいる――
あるものたちは――群衆の高笑いが聞こえるではないか――
燃え続ける火中に逆さ吊りにされている――また、大いなる王国が
わが足下に浮かぶ。海から追いたてられる島々のように、
その子らは、万人の流した血を浴び、打ちしだかれている、
焼け落ちる自分たちの家の真っ赤な火のそばで。

フリアエ

血が、火が、見えるだろう、――そして呻（うめ）きも――
もっとひどい、聞こえもせず、見えもしないもの[72]が後ろにある。

プロメテウス

もっとひどいものとは何か。

フリアエ

　　人間の心の内には恐れが残る、
心がむさぼり食った餌食が残る、――高潔の士は恐れる、
信じたくもないと思っていたものがみな真実だったことを――
「偽善」と「習慣」が、その精神を
様々な礼拝の神殿としたが、いまは廃（すた）れた。
それらのものは、人間の状態のために、よいことを考えだしもできない。

その上、できないことすらも分かっていないのだ。
善なるものは権力を欠き、ただ不毛の涙に咽ぶのみ。
力あるものは善を欠き――さらなる悪しき欠如、――
智者は愛を欠く、――愛するものは知恵を欠く、――
このように、最善なるものみなが混乱し、悪となる。
強きもの、富めるもの、また、正しきものは多い、
だが、同胞が苦悩する中で、
何も感じぬように生きている――彼らにはしていることが分からないのだ。

プロメテウス

その言葉は、翼をつけた蛇の大群のようだ、――
だが、それを聞いて悩まされないものは哀れだ。

フリアエ

哀れと言うか。もう、これ以上は語るまい。　〔消える〕

プロメテウス

ああ、悲しい、

ああ、悲しい。ああ、苦痛だ、苦痛だ、いつまでも、永遠に。
涙なき眼[73]を閉じても、ますますはっきり見える、
悲しみのため感じやすくなった心の内に働く汝の仕業が。
狡猾な暴君よ……　平安は墓の中にある――
墓は隠す、すべて美しく善なるものを。
我は神なれば、平安は墓の内にはない、――
そこに求めたいとも思わぬ、――恐るべき復讐なのだろうが、
それは敗北なのだ、狂暴なる王よ、勝利ではない。
こういう有様で苦しめているが、それはわが魂を
新たな忍耐で強めてくれている。時至れば、
この有様は、あるべき真（まこと）の姿ではなくなるのだ。

パンテア

ああ、何を見たのか。

プロメテウス

　　　　　　　　　　悲しいものを二つ——
語るも、見るも、[74]——一つのほうは許してもらいたい。
いろいろな題目、人間の本性の神聖な標語[75]——
それは、輝かしい賛歌として高らかに掲げられた。
国々は、そのまわりに群がり、絶叫した、
声を合わせ、真理だ、自由だ、友愛だ、と。
突如、恐ろしい混乱が天から落ちてきた、
国々に。闘争と策略と恐怖が起こった、——
暴君らは乱入し、略奪品を分けた。
これが、わが目に見た真実を映す影だ。

大地

あなたの苦しみが分かる、わが子よ、――その複雑な喜び、
悲哀と正義感が入り混じったその気持。その心境を鼓舞しようと、
不思議な、妙に美しい精たちに昇って来るよう命じた。
その住むところは、人類の思想のほの暗い洞穴、
鳥たちが風に乗って飛ぶようにして、
世界をとりまく思想のエーテルの中にいる、――彼らは見る、
鏡の中を見るように、かのおぼろなる国[76]のかなたに、
未来を。彼らが、慰めの言葉をあなたに言ってくれるように。

パンテア

ごらん、妹よ。精たちの一隊が集まっているところを、
快い春の日の雲の群れのように、
青い大気の中に群がっている。

イオネー

あ、見て。もっと来る、
そよとの風もないときの噴水の水煙のように、
列を乱しながら峡谷を昇って来る。
あ、聞いてみて。あれは、松の樹をわたる楽の音かしら、[77]
湖かしら、滝かしら。

パンテア

何よりもずっと悲しくも、はるかに甘美なもの。

精たちのコーラス

人の記憶にもない時の代々から、われらは
優しき支配者、擁護者。
天の圧迫に苦しむ人間の、――
また、われらは大気を吸っても、

人類の思想の大気を吸っても衰えない——
暗く、活気なく、灰色であっても、
嵐にかき曇る日のように、
落日の薄明をよぎり行こうとも、——
　あらゆるものがきららに、
雲なき空と風なき流れの間で、
静かに、透明に、清(さや)かに輝こうとも。
鳥が風にいだかれ、
　魚が波にいだかれるように、
人、そのものの思想が
　墓を超えた一切の中を浮かび行くように、
われらは、大気の中に清明な住処(すみか)を作り、
雲のように自由に巡り行く、
　果てしない元素の中を——
そこから、われらは運ぶ、あの予言を、

汝に始まり、汝に終わるあの予言を。

イオネー

まだ、もっと来る。つぎから、つぎと。まわりの空気は
星のまわりの大気のように輝いて見える。

第一の精[78]

戦いのラッパの音を聞いて
飛んで来た。疾く、疾く、疾く
暗黒の中に放りあげられて。
擦り切れた信条の塵が、
引き千切られた暴君の旗が、
わたしを囲むところから進んできた。
無数の入り混じった叫び声があがった——
「自由」だ。「希望」だ。「死」だ。「勝利」だ。

やがて、その叫びは大空に消え去った、——
それから、ある音が、上に、あたりに、
ある音は、下に、あたりに、上に
動いた。それは、愛の魂だった、——
希望であり、予言[79]であった、
汝に始まり、汝に終わるあの予言。

第二の精[80]

虹の橋が海に架かり、動かず、
海は、その下で揺れていた、——
そして、勝ち誇った嵐は飛んで行った、
征服者のように、疾く、誇らしげに、
虹と海の間を通り、虜としたたくさんの雲の、
形なく、暗く、疾走する一群を率いて行った、
どの雲も、半分に裂き千切られて。

雷のしわがれた笑い声が聞こえた。
大いなる艦隊はもみがらのようにばらばらにされ、
艦隊の下には死の地獄が
白い波浪の上にさらけ出された。わたしは降り立った、
稲妻に裂かれた大きな船の上に。
そして、急いでここに来た、溜息を聞いて。
自分の板を敵に
与え——船から海に飛び込んで死んだものの溜息を聞いて。

第三の精[81]

わたしは、知者の寝床のかたわらに坐っていた、
灯火があかあかと灯っていた、
知者の糧であった書物の近くで、——
そのとき、焔の翼をつけた夢が
知者の枕べに漂って来た、

それは、同じ夢だと分かった、
その昔に燃やしたあの夢、
思いやり、雄弁、悲嘆、——
そして、下界は、しばし
その夢の輝きがつくった陰を帯びた。
その夢がわたしをここに連れて来た、
欲望の稲妻のように足疾く——
朝にならぬうちにその夢は持ち帰らねばならぬ、
さもなくば、知者は目覚めて悲しむだろう。

第四の精(82)
わたしは、詩人の唇の上で眠っていた。
恋の道に通じたもののように、夢見つつ
詩人の寝息を聞きながら、——
詩人は、人の悦びを探しも求めもせず、

食するはただ霊なる口づけ、
思想の広野に出没する幻影の口づけ。
詩人は朝(あした)から黄昏(たそがれ)までじっと見つめる、
湖に映っている太陽が
蔦(つた)の花中の黄蜂を明るく照らしているのを。
だが、それを気に止めるでもなく、見てもいない、——
だが、こういうものから詩人は創造する、
生きている人間よりも真実なる姿のものを、
永遠なるものの育てし子らを。
その一つがわたしを呼び起こした。
そして、あなたを救うために急ぎ来たのだ。

イオネー

見えぬか、二つのものの姿が東から西から来る、
一つの愛の巣に向かう二羽の鳩のように、

すべての生命を支える大気の双生の育て児が、
翼を止めたまま大気の中を滑り降りて来るのを。
また、聞け、美わしくも悲しい声。[83] あれは失望が
愛と混じり合い、音に溶け込んだ声。

パンテア

話せるのか、妹よ。わたしの言葉は溺れてしまった。

イオネー

あのものたちが美しいから、声に出る。ごらん、彼らは
空の色に染まる翼でその身を支えて浮かんでいる。
オレンジ色、紺碧の色、黄金色に深まる翼で——
その柔らかな微笑みが星の火のように大気を明るくする。

精たちのコーラス
あなたは、愛の姿を見たのか。

第五の精[84]

広い世界[85]を
わたしは急ぎ来た、広い大気の荒野を羽ばたいて来る雲のように、
星を冠にした「姿」のもの[86]が、稲妻で編んだ翼に乗ってかすめていった、
かぐわしい髪の毛から、生命の清らかに澄んだ悦びを撒き散らし――
足跡は世界に光の道を敷いた[87]、――だが、わたしが通り過ぎるとその光は消え、
後ろには虚しい「破滅[88]」が口を開けた、――恋に狂った大いなる知者たち、
生命をかえりみぬ愛国者たち、ひとを責めず、生命を失った白皙の若者たち、
みな、闇の中に朧げに見えた。そこを渡ると、おお、悲しみの「王」よ、
あなたは微笑み、わたしの見た恐ろしいものを嬉しい思い出に変えてくれた。

第六の精[89]

ああ、姉妹たちよ。わびしさ[90]は微妙なもの——
　そは、地上を歩まず、大気に浮かばず、
鎮めるような足取りをし、音もない羽ばたきで煽る、
　いと善にして優しきものたちが胸に抱く感じやすい心の望みを。
かかるものたちは、まやかしのやすらぎを得る、その羽ばたきの煽りと
　楽の音をまき起こす静かな、忙しげな足取りとから。
そして、言い難き歓喜を夢想し、その怪しきもの[91]を恋と呼び、
目覚めては、その影を「苦痛」と知る、——われらが、いま迎えている
　もののように。

コーラス

「破滅」はいまや「愛」につきまとう影となり、
　愛の後について行って[92]愛を滅ぼす、
　　死の、翼ある白馬に乗って来て、

いかに疾(はや)きものも逃れきれぬ——
　花をも、草をも踏みにじって来る、
人をも、獣をも、忌まわしいものをも、美しいものをも、
大気を吹きすさぶ嵐のように——
その馬に乗って来るものをあなたの手で抑えつけてもらうのだ、
「破滅」の心と手足は、なんの損傷も受けずとも。[93]

プロメテウス

精たちよ、どうして、そうなるのか。

コーラス

　われらはあの大気[94]を吸っている——
その様は、吹雪が遠ざかり、赤い蕾(つぼみ)が
　地下に息づく春から芽生え、
微風(そよかぜ)がにわとこ(エルダー)の草むらを震わせるようになると、

遊牧の牧人らは、
白さんざしが咲く時を知る――そのように、
「叡智」「正義」「愛」「平和」が
その力を増さんと競うとき、
それらはわれらにとってまさに微風が
牧童に予言となるごとく――(95)
汝に始まり、汝に終わる予言。

イオネー

精たちは、どこへ行ってしまったのか。

パンテア

その感じだけが
残っている、(96) 無限の力を持っている
楽の音のように。霊感を受けた声と絃の調べの

感応がまだ消えぬうちに次第に遠のき、
魂の深い迷路の中を
長い洞窟の中で響きわたるこだまのように、うねり、めぐる。

プロメテウス

大気の子らの美しさよ。それにしても感じる、
愛なければ[97]、すべて望みは虚しい、――だが、あなたは遠くにいる、
アシアよ、あなたが、私という存在で満ち溢れていたときは、
輝く美酒を受ける黄金の杯(さかずき)のようだった。
そうでなかったら、渇いた土に吸い込まれていたはずだ。
万物が静まりかえっている、――ああ、だが、この重さ、
わが心に置かれたこの静けき朝の重さ。
悲しみながらも、夢見つつ眠れたものを、
眠りが許されぬ身でなかったならば……　我は喜んで
わが運命のあるがままのものになりたいと思う、

苦しむ人間の救済者、強き力たるものに。
さもなくば、事物の根源の深き淵に沈んでもよい……
苦悶はない、慰めもいらない、——
「大地」が励ましてくれる、もはや「天」は痛めつけることもできない。

パンテア

あなたを見守っているもののことを忘れたのか。
寒い、暗い夜も眠らずに、ただ、
あなたの精の影がわたしに射すときのほかは。

プロメテウス

愛なければ、すべて望みは虚しい、と私は言った——あなたは愛する。

パンテア

まことに、その通り、——だが、東の空が白む。

そして、アシアが遥かなるインドの谷[98]で待っている、
悲しき追放のところで——そこは、かつては切り立ち、
寂しく、凍りつき、この峡谷のようだった、
だが、いまは、美しい花や、草の装い、
かぐわしい春を運ぶ微風（そよかぜ）と楽（がく）の音（ね）に満ちている。その楽の音は
森や湖の中に流れて来る、
変貌するあの方の存在の大気から。それは
あなたの存在と一つにならなければ、消えてしまうだろう。さらば。

第二幕

第一場

朝。
インド・コーカサスの美しい渓谷の中。
アシア(1)、ただひとり。

アシア
春よ(2)、あなたは、み空吹きわたる風から降りて来た――
そう、精のように、思想のように。そして、
涸渇した眼に常ならぬ涙を溢れさせ、
わびしい心の鼓動を激しくさせる、
永くやすらいを奪われていた心の鼓動を。――あなたは降りて来た、

嵐の揺籃(ゆりかご)の中で育てられて。——あなたは目覚めている、おお、春よ。
おお、たくさんの風から生まれた春よ。突然
あなたは夢の想い出のように来る。
甘美だったばかりに、いまは悲しい想い出のように、——
そして、守護霊や大地から昇る歓びのように起(た)ち上がり、
黄金の衣を着せてくれる。
われらの生命(いのち)の原野に……
いまこそは、その時季(とき)、その日、その時、——
わが美(うる)わしの妹(3)よ、あなたは日が昇ると来るはず、——
久しくも待ち望まれながら、遅すぎた。
翼なき一刻一刻(4)のその鈍さ。屍(しかばね)にたかる虫の這(は)うようだ。
明るく光る星一つ、光線の先端はまだ震えている。
ややに広がる橙色(だいだいいろ)の朝焼けの深いところ、
紫色の山々のかなたで、——風に裂かれる
靄(もや)の裂け目から、まだ暗い湖が

その星影を映す――その光は薄れては――また輝く、
雲の波が薄れるごとに、また、燃える糸、
綾雲(あやぐも)の糸が、白い大気の中にほどけるごとに……
星影は失せた。かなたの雲のような雪の峰の中で、
ばら色の日の光が震える、――聞こえるではないか、
あの女(ひと)の海のような緑色した羽毛のアイオロスの琴[5]のような楽(がく)の音(ね)が、
茜色(あかねいろ)の朝明けを羽ばたいて奏でている。

〔パンテア、入る〕

感じる、見える、
微笑(ほほえ)みに燃え、涙にかすむあの眼が。
それはまさに銀(しろがね)の露の靄(もや)の中で、半(なか)ば光が薄らいだ星。
いとしく、美わしき極みのもの、その身にまとうは
わたしの生くるよすがなる、あの魂の影[6]、
あなたのなんと遅かりしこと。天空を照らす太陽はもう
海に昇った、――わたしの心は希望の想いに疲れてしまった、
跡を残さぬ大気があなたの遅い翼に触れぬうちから。

パンテア

許されよ、大いなる姉ぎみ。わたしの翼は、
夢の想い出の嬉しさに、力弱まってしまった。
夏の真昼の風の羽が、
美しい花の香に充たされたようになって。いつもは
平和に眠り、そして爽（さわ）やかに、穏やかに目を覚ましたものだった。
それは、あの聖なるタイタンの没落と、あなたの
不幸な愛が哀れみに慣れているうちに、
わたしの心に愛と悲しみをなじませてしまい、
あなたの愛と哀れみへ慕っていく前のことだった——あの頃[7]、
わたしは老いた大洋神オケアノスの、海の緑の洞穴の下、
緑と紫の苔むす小暗（おぐら）き陰の奥でまどろんでいた。
あのとき、妹イオネーの柔らかな白い腕（かいな）は、
わたしの濡れた黒髪の後ろを抱いていた。それは、今も同じ。

わたしは眼を閉じて頬を押し当てた、
妹の生命(いのち)の息吹なる胸の溝深く[8]。
だが、今は違う。わたしが風になって
運ぶ、あなたの言葉なき交わりの楽(がく)の音(ね)の
感動に圧倒されてしまってからは[9]、また、
愛が語らうとき、その感覚の中で、わたしのやすらいが溶け、
悩ましく、なお甘美なものになってからは、——覚めての間も、
心を煩わし、締めつける想いに満ち溢れ。

アシア

眼を上げなさい、
あなたの夢を読ませてもらいたい。

パンテア

いま言ったように、

わたしは、あの海の妹[10]といっしょに、父、大洋神の足もとで眠っていた。
山の霧[11]は、わたしたちの語らいの声を聞いて、
月下に凝固し、雪びらを敷きつめ、
鋭い氷[12]から抱擁（ほうよう）の眠りを守ってくれた。
そのとき、二つの夢を見た。その一つは覚えていない。
だが、別の夢では、その傷に疲れて色失せた肢体が
プロメテウスから消え落ちた。そして、清（さや）かな夜が、
あの方の栄光の光で輝きだした。その栄光は、
あの方の内に不変に生きているもの。そして、その声[13]は、
楽（がく）の音（ね）のように響いてきた。わたしは朦朧（もうろう）として頭はくらみ、
激しい喜びに酔いしびれ、呆然となった――
《歩み行く世界に愛を敷きつめるあのひとの妹[14]よ、
――そのひとの、ほかの誰よりも美しい
あなたこそは、あの方の影――眼を上げて、我を見よ。》
わたしは眼を上げた。すると、耐えがたい光を、

あの不死の方の姿の光を、
愛の影が覆った。それは、たおやかなる肢体から、
感動に半ば開いた唇[15]、鋭い恍惚(こうこつ)たる眼から
蒸気の火のように噴(ふ)き出してきた。その雰囲気が
わたしを包んだ、すべてを熔(と)かし尽くす力の中に、
朝の陽ざしの暖かい大気が包むように、
さまよう露の雲を呑み込む前に。
わたしには見えず、聞こえず、体も動かなかった。ただ感じた。
あの方の存在が、わたしの血に流れ入り、混じり合い、
ついに、あの方の生命(いのち)となり、それがわたしの生命(いのち)となるのを。
それが過ぎ行く前に、わたしは、このように吸い込まれてしまった、
そして、日が沈む頃、水蒸気が、
また水滴となって、松の樹に集まり、
震えるように夜が更け、
わたしの存在は凝縮してしまった、——その思想の光線が、

おもむろに凝集していくにつれ、
あの方の声が聞こえてきた。その言葉は、消えぬうちに、
か弱いメロディーの足音のように漂ってきた。あなたの名だけが
多くの音の中に聞こえた、
わたしに分かるような言葉、――音もない
夜の間、わたしは、じっと耳を傾けていた。
そのとき、イオネーが目を覚まし、こう言った――
《今宵、何がわたし[16]を悩ましているのか、察せられるか。
わたしには、前もって望むことがいつも分かっていた。
だから、空しい望みになる喜びなどは見たことがない。
だが、いまは何を求めているのか告げ得ない、――
分からないのだ、――何か快く美しいもの、望むことすらが
快く美しいのだから。これは、あなたの戯れ、いたずらな姉ぎみよ、
あなたは、何か昔の魔法を見つけ、
その力でわたしの魂を寝ている間に盗み、

あなたの魂と混ぜ合わせたのだ、――それは、いましがた
口づけし合ったとき、半ば開いたあなたの唇の中に感じた、
わたしを支えるかぐわしい息と、
生命(いのち)の血の暖かさとを。それがなくなってわたしは気が遠くなり、
絡(から)み合わせた腕の中で震えた。》
東の空の星の光が薄らいで[17]きたので、わたしは答えずに、
あなたのところに急ぎ来た。

アシア

あなたは話しているが、その言葉は
空気のよう――わたしには感じられない……　おお、眼を上げなさい。
そこに記されているあの方の魂を読ませてもらいたい。

パンテア

言い表したいことの重さで眼は閉じようとするが、

わたしは眼を上げる——あなたには何が見えるのか、
わたしの眼の中に映るあなた自身の美わしい影のほかに。

アシア

あなたの眼は、深く、青く、果てしない天が
収縮して小さな二つの円になったよう、
長い、きれいな睫毛の下に、——黒く、神秘な、計り得ぬ
球の中の球[18]、綾なす一筋の糸。

パンテア

どうしてあなたは通り過ぎて行った精のように見えるのか。

アシア

変化が見える[19]、——その奥の奥のかなたに
一つの影が、一つの姿が見える——それはあの方だ、

微笑みの柔らかな光に包まれている。その微笑みが
雲に囲まれた月の光のように拡がる。
プロメテウスよ、それはあなたのお姿。もう去り行くな。
その微笑みが言っているではないか、われらはまた会うのだ、
燦然たる天蓋の中で、微笑みの光線が
荒廃の世界に懸けている天蓋の中で、と。夢が語られている。
わたしたちの間にいるのは何者の姿か。乱れた髪の毛[20]は
吹き上げる風を荒々しく見せ、眼差しは
険しく鋭い。だが、そのものは大気のものか。
灰色の衣の中で輝いている金色の露、
昼もその露の星の輝きを奪わなかった[21]。

夢

随いて来い。随いて来い。

パンテア
それはわたしのあのもう一つの夢――

アシア
　　　　　　　　　　それが消えていく。

パンテア
それはいま、わたしの心を貫く。思えば、
わたしたちがここに坐っていたとき、花を抱く蕾（つぼみ）は、
稲妻に撃たれたかなたのアーモンド[22]の木に咲きほころびた、
そのとき、白雪に覆われたスキュティアの原野から
旋風が吹いてきて大地を凍らせ、しわをよらせた――
見ると、花はみな吹き落とされていた、――
だが、一葉、一葉には、印が押してあった、青い花弁の
ヒヤシンスがアポロンの悲しみを印しているように[23]、

おお、随いて来い、随いて来い、と。

アシア

あなたが話すと、その言葉は、
あとから、あとからと、忘れていたわたしの眠りに
様々なものを満たしてくれる。わたしたちはこの草茂る林間をいっしょに
そぞろ歩いていたように思えた、明けやらぬ灰色の朝を。
そして、厚い、綿毛のような白雲が
たくさんの群れを作り、山並を漂っていた、
ゆるやかな風にゆったりと、のろく、羊のように導かれて、――
そして、白い露は、新しい葉を出したばかりの草の上に
暗い大地を突き破って静かに降りて来た――
それから、もっとあったが、覚えていない、――
だが、朝雲の陰のところ、
紫色の山の斜面には、はすかいに、

随いて来い、おお、随いて来い、と記されていた。朝雲が消えるごとに、――
そして、天の露が降りていった草の葉の一枚一枚にも、
同じようなことが記されていた、あたかも焼き枯らされたかのように。
松の樹々の間には風が起こった、――それは
綾なす楽の音を枝から振り落とした、すると、
低く、心地よい、微かな調べの音が霊の別れの言葉のように
聞こえてきた――おお、随いて来い、随いて来い、我に随いて来い、と。
そのとき、わたしは言った、《パンテアよ、わたしをしかと見よ》と。
だが、パンテアの愛らしい眼の奥にも
わたしは見た、随いて来い、随いて来い、と。

こだま

随いて来い、随いて来い。

パンテア

岩山たちも、この春の朝も、わたしたちの声を真似ている、
まさに精の言葉を持っているように。

アシア
それは何らかの存在、
岩山のあたりにあるもの。美しく澄みきった音の調べ。おお、聞け。

こだまたち(姿は見えない)
われらはこだま――聞け。
いつまでもは居ない――
露の星がきらめくと、
消えていく――
大洋神の子よ。

118

アシア
聞け。精たちが話す。流れるように反響を返す、
妖精の言葉のようなその響きがまだひびく。

パンテア
聞こえる。

こだまたち
おお、随いて来い、随いて来い。
われらの声が遠のいて(24)
虚ろ(うつ)な洞穴の中を通り、
森の開けるあたりに行くままに、——

(もっと遠くで)
おお、随いて来い、随いて来い。

虚ろなる洞穴の中を通り、——
あなたが追う歌声の漂い行くままに、
野蜂も飛ばぬところを、
昼なお暗く深いところを、
かぐわしい香りが息吹して眠る
ほのかな夜の花のそばを、波打つ
泉の明るい洞穴のところを通り、
その間、われらの楽の音はありのままに、快く、
あなたの優しい足音を真似る、
　大洋神の子よ。

アシア
あの音を追おうか——次第に微かになって
遠のいていく。

パンテア

ほら、あの歌の調べがまた少し近くに漂ってくる。

こだまたち

未だ知られざる世界に
未だ語られざる声[25]眠る、――
あなたたちの歩みの音だけに
その眠りは破られる、
大洋神の子よ。

アシア

歌の調べが引潮の風に乗って沈んでいく。

こだまたち

おお、随いて来い、随いて来い。

広い洞穴の中を通り、――
あなたが追う歌声の漂い行くままに、
森林[26]の中、真昼の露のそばを通り、
森のそば、湖のそば、泉のそばを、
重なる峰の山並を通り、
山の裂けたところ、深い淵、幽谷、
「大地」がその激動を休んだところに、
その日、あの方とあなたは、
別れ――いま、一つになろうとしている、
　大洋神の子よ。

アシア
来よ、美(うる)わしのパンテアよ。手をつなぎ
随いて行こう、あの歌声の消えぬ間に。

第二場

森。山や洞穴がある。
アシアとパンテアがそこに出てくる。
年若いファウヌス(27)が二人、耳をそばだてながら
岩に腰をおろしている。

精たちのセミコーラス(一)

あの愛らしい姉妹(28)が通っていった小径、
松や杉や水松(29)の木が
永遠に茂るほの暗き樹々のあたりの小径が
天の広い青空から隠されている、——
日の光も月の光も、雨も風も
こんもりと茂る樹陰には差しこめない、

何ものも。ただ、露の雲が
地を這（は）う微風（そよかぜ）に吹き寄せられ、
年経（ふ）りし樹々の幹の間を通り、
　真珠の露を緑の月桂樹の、咲きそめた
ほのかな花の中に置いていき、
か弱く美しいひともとのアネモネの花を
うなだれさせ、しずかに消え行くときのほかは、——
また、星あまたある中で、
険しく傾斜する夜を昇りさすらう星が
隙間を見つけてそこを通り、
その光線を高きより深みに落とし、
留まることのない天の力で
運び去られぬうちに、
　金色（こんじき）の光の雫（しずく）を降らし、
一つになることのない雨脚のようにするときのほかは、——

そして、あたりは神々しい暗黒、——
そして、下は苔（こけ）むす地。

セミコーラス（二）

そこでは恋に燃える夜鶯（ナイチンゲール）たちが
　真昼も眼を覚ましている。
喜びや悲しみにうちひしがれているものもいる、
　風もそよがぬ常春藤（きづた）の枝にいて
甘美な恋に悩みはて、玉の緒も絶えなん様、
歌声に喘（あえ）ぐつがいの胸の上にうちしおれる、——
たゆとう花に心集め、
　しだいに消え行く歌声の節の終わりを
捉えんと待ちつくし、
か弱きメロディーの翼を高く上げるものも。
やがて、新しい感情の流れを、

その歌声が運び、森は静もる、——
ほの暗き空気の中に聞こえる
羽のざわめき。
湖の真中（まなか）に鳴り渡る笛の音（ね）のように
様々な音が起こり、聞くものの脳髄に溢れる。
その心地よさ、嬉しさも苦痛となる。

セミコーラス(一)

そこでは、こだまたちが魅せられて渦の輪となり戯（たわむ）れる、
　楽（がく）の音（ね）の言葉を話すこだまたちが。
渦の輪はデモゴルゴンの大いなる法則により、
　心を溶かし、歓ばせ、楽しい畏（おそ）れを与えつつ、
すべての精をあの秘められし道に引き寄せる、
　さながら内陸の船(30)が海のかなたへと急ぎ、
山の雪解けに勢いを得て流れくだるように、——

そして、まず、優しき歌声が、
語らいや眠りにふけるものたちに聞こえ、
　運命の人々を目覚めさす、[31]——穏やかな感情が
その心を惹きつけ、促す。眼開(ひら)けしものらは言う、
かなたなる、後方の、息吹する大地から
羽を挙げよ[32]と促す風が沸き起こり、
彼らをその行く道に追いやるのだ、と。そして、
　彼ら自身の疾(はや)い翼と足は
内なる願望に従っているのだと信じる、——
このようにしてかれらはその行く道を漂い行く、
なおも甘美に、だが音高く力強く
歌声の嵐は急ぎ運ばれて行く。
　吸いこまれつつ、疾走しつつ、——急ぎ走り行く
　その背後には大濤(おおなみ)、増し集まり
かの運命の山へと向かい、彼らを運ぶ、

つつましい大気の中の雲のように。

第一のファウヌス

この精たちはどこに住んでいると思うか、
森の中でこんな優美な楽(がく)の音(ね)を奏でている。
訪れるものとてない洞穴のあたり、われらの歩きまわるところは、
木立の茂みの中。だから荒涼としたところのことは知っている、
だが、あの精たちには出会わない。その歌はよく耳にするが――
いったい、どこに隠れているのか。

第二のファウヌス

言い難いことだ[33]――
精たちのことに[34]詳しいものたちの言うのを聞いたことがある。
あの気泡は、太陽の不思議な業(わざ)が
ほの白い水中花から吸っているもの、

その花は水清い湖や池の、軟泥の底に咲きつめている。
その気泡をあの精たちは天蓋として住み、浮かんでいる。
緑色と黄金色の気の下で、
織りなす樹々の葉の間を真昼がかきたてる気の下で、――
そしてこの気泡が、火のような純粋な空気、
この透きとおる堂宇の中で精たちが呼吸している空気が、
夜空に流れる流れ星のように立ちのぼってくると、
精たちはそれに乗り、猛烈な速さで突進し、
その気泡の燃える頭[35]を下に向け、火となって
大地の水の中に再び滑り込んでいくという。

第一のファウヌス

それがその精たちの生き方なら、ほかの精の生き方は別なのか。
桃色の花の下や、牧場の花の冠の中では、
まだ閉じたままの濃い菫色(すみれいろ)の花の花冠の中で、

枯れゆくときの、失せなんとする香りの上や、
露の玉に映(は)ゆる陽光の中では。

第二のファウヌス

そうなのだ、もっともっとある、それはよく分かるだろう。
だが、このように話していたら、昼になってしまい、
片意地なシレノス(36)は、自分の山羊(やぎ)の乳を搾(しぼ)っていないのに気づき
あの分別ある愛すべき歌をうたいたがらなくなるだろう、
運命や機会、神、太古の混沌のことを、
愛のことや、鎖で縛られたタイタンの悲しい刑罰のことを、
どのようにして鎖から解き放たれ、地を
一つの兄弟とするようになるかなどの歌——喜ばしき歌、
孤独なあけぼのを楽しいものとしてくれる歌を、魅惑の力で、
妬(ねた)みをしらぬ夜鶯(ナイチンゲール)を黙させてしまう歌を。

第三場

山の中の岩の頂き。[37]

アシアとパンテア

パンテア

歌声がわたしたちをここに運んできた——
デモゴルゴン[38]の国に、その大いなる入口に。
ここは[39]隕石（いんせき）[40]を吐く火山の裂け目のよう、
そこからは神託の蒸気[41]が噴き上げ、
わびしいものらが青春をさまよい来ては、それを飲む。
そして、真理、徳の力、愛、智力、喜び、と呼ぶ——
心狂わせる生命（いのち）の酒。それを飲みほしては
深い恍惚境に入り、大声をあげては、

マイナスのように、エヴォイ[42]、エヴォイ、と高く声をあげる、
世界にとって害毒となる声[43]を。

アシア

そのような力に相応(ふさわ)しい王座、その壮大さ、
その栄光の輝かしさ。「大地」よ、あなたが
もっと美しい「精」の影であるなら、
悪が「精」の造った地を汚(けが)したとしても、
「精」が創造したもののように弱く美しくとも、
わたしはその「精」とあなた[44]との前にひれ伏して拝む。
いまのいまも、わたしの心は崇(あが)めている。賛(ほ)むべきかな。
見よ、妹よ、この蒸気があなたの頭を朦朧(もうろう)とさせぬうちに——
眼下は[45]、大濤(おおなみ)の霧のような大平原、
さながら湖水のよう、朝空のもと、
青い色の波は砕け、銀(しろがね)の光となり、

インドの谷を覆う。この霧を見よ。
そを凍らせる風の下で逆巻きながら、
わたしたちの立つ峰を中の島にする、
あたりを囲む、深く、茂った、花咲く森、
ほの暗く、たそがれのような草地、流れの水映える洞穴、
そして、風の魔力で異様な形となって漂う霧、——
そして、はるかなる高所では、天を裂くような鋭い山並が
太陽の光線のような氷の尖端から、
あけぼのを放つ。さながら、波浪逆巻く大海の、眼をくらませるような飛沫（しぶき）が、
大西洋の小島からまきあげられて、
灯火（ともしび）のようなきららな水滴を風にちりばめるように。
谷は山並の壁に囲まれている。大滝は
解ける氷に裂けた渓谷から咆哮（ほうこう）して、
耳を澄ます風を満足させる。果てしなき広漠、
死の寂滅の如き恐ろしさ。聞け、襲い来る雪の音を、

太陽に目覚まされた雪崩の音を。雪のかたまりは
きわみまでも嵐のふるいにかけられて集まったのだ、
ひとひら、ひとひらと。まさに、天を物ともせぬ精神の中に
つぎつぎと思想が積み重なり、ついには大いなる真理が
解き放たれ、諸国あまねく響き合い、
その根底から揺るがされる、いまの山並の如くに。

パンテア

あ、嵐のように吹きすさぶ霧の海が砕け、
紅色の泡となる、[46] わたしたちの足下ですら——ひたひたと
打ち寄せてくる。不思議な働きをする月の力を受けた海が、
食べ物もなくて軟泥の島にいる難破船の人たちのところに迫るように。

アシア

千切れ雲は、はや、ちりぢりに散ってしまった——

そを吹き上げる風は、わたしの髪の毛の絡（から）みをほどく――
その大濤（おおなみ）は眼に襲いかかる――脳髄が
ふらついてくる――あなたには霧の中にいる幻影が見えるか。

パンテア

手招くような微笑の顔が一つ――燃えている
清澄な色の火が黄金色の髪の毛の中で、
また一つ、また一つ――聞け、それらがものを言う。

精たちの歌[47]

　深いところへ、深いところへ
　　降りて行け、降りて行け。
眠りの陰を通り、
暗雲に包まれた
闘争の「生」と「死」を通り、――

その如く見えるもの、真に在るものを
覆うもの、遮(さえぎ)るものを通り、
はるか遠いかなたなる王座の階(きざはし)までも、
　　降りて行け、降りて行け。

歌声が渦巻いている間に、
　　降りて行け、降りて行け。
仔鹿が猟犬を引き寄せるように、
水蒸気が雷光を、
ほのかな明かりがか弱き蛾を引き寄せるように、――
「死」が「失望」を、――「愛」が「悲しみ」を、――
「時」がその二つを、――今日が明日を引き寄せるように、――
鋼鉄が磁石の精に従(つ)くように、
　　降りて行け、降りて行け。

灰色の、空漠たる深淵を通り、
　降りて行け、降りて行け。
空気が光を通さず、
月も星もなく、
洞穴の切り立った岩は、
天の輝きも帯びず、
地には陰も与えぬところへ、——
充溢する一つのもの、そのものだけの在るところへ、
　降りて行け、降りて行け。
深きところの深みの中に
　降りて行け、降りて行け。
ヴェールに包まれて眠っている雷光の如く、
燃えさしの中であやされている火花、
「愛」が覚えている先の一瞥（いちべつ）の如く、
ダイヤモンドが

豊かな、暗い鉱床に輝く如く、
不思議な力があなたのためだけに蓄えられている。
　　降りて行け、降りて行け。

われらはあなたを捕えた、われらはあなたを導く、
　　降りて行け、降りて行け。
あなたのそばにいる輝くもの[48]と共に。
優しさに抗(あらが)うな――
柔和[49]の内にこそ力がある。
その力によって永遠なるもの、不滅なるものが、
　生命(いのち)の入口から、
その王座にとぐろまく蛇のような運命[50]を解き放つ、
　　柔和の力のみによって。

第四場

デモゴルゴンの洞穴。[51]
アシアとパンテア。

パンテア
あの漆黒の王座に、ヴェールに包まれて坐っているのは何者。

アシア
ヴェールが取れた。

パンテア
　　　　　　　　　　大いなる暗黒が見える、
権能(ちから)の座に満ちた、——そして、幽暗の光線があたりに放たれている、真昼の太陽の光のように。
見つめることもできず、形もない、――手足もなく、
姿も、輪郭もない、――だが、感じられる。それは、
生ける「精」だ。

デモゴルゴン　知りたいと思うことを尋ねよ。

アシア
何を教えてもらえるのか。

デモゴルゴン　何ごとでも、思いきって尋ねてみよ。

アシア

誰なのか、生ける世界を造ったのは。

デモゴルゴン

神[52]。

アシア

誰なのか[53]、

世界のすべてを造ったのは。思想や、情熱や、理性や、意志や、想像力を。

デモゴルゴン

神だ──全能の神だ。

アシア

誰が造ったのか、このような心[54]は。春の風が

珍しく訪れ来たり、愛するものの声が
独り居の青春に聞こえてくると、
力弱い眼には、涙、溢れ出で、
嘆きを知らぬ花の明るい様も目にかすみ、
人の住むこの世を孤独なものにしてしまう、
その青春は帰り来ぬゆえに。

デモゴルゴン

恵み深き神だ。

アシア

では誰なのか、恐怖や狂気、罪悪や悔恨の情を造ったのは。
万物の大いなる連鎖の輪に吊るされ、
人の心の中にある思いにつれて、
振子のように揺れ、重い足を引きずり行く。

人それぞれに、その重荷によろめき、死の穴に向かい行く、——
見捨てられる望み、憎しみに変わる愛は、——
飲めば血よりも苦い自蔑の思いは、——
痛苦の念、顧みもされず、人のよく知るあの言葉は、
喚(わめ)くばかり、日々あげる激しい叫び、——
また、地獄は、地獄の強烈な恐怖は、誰が造ったのか。

デモゴルゴン

支配するものだ。[55]

アシア

そのものの名を言ってもらいたい——痛み苦しむ世界は
その名を知りたいのみ——そのものは呪われ、引きずり下ろされるのだ。

デモゴルゴン

支配するものだ。

アシア　分かるような感じがする――誰なのか。

デモゴルゴン　支配するものだ。

アシア

支配するものとは誰なのか。太初(はじめ)に「天」と「地」[56]が、
「光」と「愛」があった、――それから、サトゥルヌス[57]が。その王座から
「時」が、あの妬(ねた)み深い影[58]が落ちてきた、――地上の
原始の人々の有様は、その支配のもとで
もろもろの花や生きている樹々の葉ののどかな喜びのようだった。
風や太陽はまだそれを枯れさせなかった。

地を這(は)うものたちをも、――だが、かのものが抑えつけた
人々の存在の生得の権利、知識、力を、
諸元素を支配する技術(わざ)を、
また、この暗い世界を光のように貫く思想を、
自己なる国と、愛の尊厳を、――
それを渇望して、人間の心は弱り果てた。そのとき、プロメテウスが
ジュピターに叡智(えいち)を与えた、それは力だった。
ただ一つ、《人を自由たらしめよ》との約束で
広い天の主権を授けた。
信も知らず、愛も、理(ことわり)も知らず、――
全能でも友のない支配、(59)――
こうして、ジョゥヴが支配するにいたった、――かくて人類には
まず飢饉が、それから労苦、それから病気が、
闘争や、殺傷や、前代未聞の恐ろしい死が
落ちて来た、――そして時季(とき)ならぬ時季(60)は

霜や火の矢をこもごも放ち、
住むところなく蒼(あお)ざめた多くの種族の人々を山の洞穴へと追いやった、――
また、ジョゥヴは、人間の荒れ果てた心の中に凶暴な欲望を、
狂おしい不安を、空しい、
不実の善の影を送りこみ、互いに戦いを起こさせ、
人の住むところを荒らし、破壊してしまった。
プロメテウスは見た。そして、無数の望みを目覚めさせた。
エリュシオン[61]の閉じた花の中に眠る望みを、
無憂華(ネペンシー)、除魔草(モウリー)、不凋花(アマランス)、衰え知らぬ花などの中にある望みを、
そして、その無数の望みに、薄い、虹のような翼で
死の姿を隠させるようにした、――それから、彼は愛を送り、
生命(いのち)の酒を生む葡萄(ぶどう)の蔓(つる)も
ばらばらになった人の心を束ねた、――
それから、彼は火を服従させた。火は獲物を食らう獣のように
恐ろしかったが、愛らしいものとなり、

人の厳しい顔つきのもとで戯れた、――また、その意のままに
奴隷と権力の印たる鉄や金を、
宝石や、毒ある鉱石を、また、あらゆる不可思議な物、
山や、水底に隠されている物を鍛えた。
人間に言葉を与え、言葉は思想を創った、
宇宙を量る言葉を、――
かくて、学問は地と天のもろもろの権力の座に打撃を与えた。
地と天は揺らぎ動いたが、落ちなかった、――そして、諧調を知る心は
ほとばしり出で、未来の知識に満ちた歌となった、――
楽の音は聞く人の心を高揚させ、
人は、死の悩みもなく、
神のように、ゆかしい楽の音の清かな大濤の上を歩むようになった、――
それから[62]、人類の手は人の姿を初めは模し、後には見くだすようになった、
実物よりも美しい肢体を形づくって。
そして、大理石はやがて神聖なものとなった、――

それから、母たちは[63]彫像をじっと見つめ、映された愛を飲んだ、
男たちが見て恍惚となっているその愛を。
プロメテウスは薬草や鉱泉の秘められた力のことを教えた。
病めるものはそれを飲み、やすらいだ。死は眠りのように[64]なった。
彼は、複雑な軌道を織りなす
広い天をさまよう星のことなどを教えた、――どうして太陽が
その居所を変えるのか、どんな神秘の力で
青白い月[65]がその姿を変えるのか、その大きな眼が
月籠（つごもり）の海を見つめないでいるときに。
また、生命（いのち）が四肢を動かすように、
嵐のような翼で走る海の戦車の操り方を教えた。
そして、ケルト人[66]はインド人を知った。多くの都市（まち）が
建てられた。その雪のように白い円柱（えんちゅう）の間からは
暖かい風が流れ、青く澄む大気は照り輝いた。
そして、青い海原（うなばら）や陰多い丘陵が見られるようになった。

このようなこと、このような向上した状態を
プロメテウスは人類に与えた――そのために彼は山に懸けられ、
宿命の苦しみを受けて弱り、衰えている。だが、いったい誰が
悪を、この癒（いや）し難き病（やまい）を支配し従わせるのか。
人類はプロメテウスの創造を神のように思い、眺め、
輝かしき栄光と見ているのに、悪、癒し難いこの病は人類を追いまわす。
意志の残骸となり、世の嘲（あざけ）りとなり、
放逐され、捨てられ、寄るべなきものにされて。
ジョゥヴではないはず――その厳しい顔は天を揺り動かした。
その敵が金剛の鎖から
そのものを呪ったときだ。それは奴隷のようにおののいた。言え、
そのものの主は誰なのか。そのものもまた奴隷なのか。

デモゴルゴン

すべて悪なるものに仕うるは奴隷だ。

知っているだろう。ジュピターがそうなのか、そうでないかを。

アシア

あなたは誰を神と呼んでいるのか。[67]

デモゴルゴン

　　　　　　　　　　　　お前たちの言い方をしたにすぎぬ。

ジョウヴは生きているものの主権者だ。

アシア

誰が奴隷の主なのか。[68]

デモゴルゴン

　　　　　　　　　　深い淵が、

その秘密を言葉にして吐き出せたなら——だが、声はないのだ。深い真理には像(すがた)がない、――
何の益があろう、お前たちに命じて
この回転する世界を見つめよと言っても、また、
「運命」「時」「幸運」「偶然」「変化」に向かい、話せと命じても。これらのものに
すべてが、永遠の愛[69]のほかのすべてが、服従しているのだ。

アシア

そこまではこれまでに尋ねた。そして、わたしの心は
あなたがいま言ったことに感応した、――そして、このような真理は、
そのこと一つ一つが神託であるべきものだ。
もう一つのことを尋ねる、――答えよ、
わたしの魂は応対するだろうから、もしわたしの魂が
尋ねることを知っているのなら。プロメテウスは立ち上がる、[70]
これから後の、この歓喜の世界の太陽――
その定めの時は、いつ到来するのか。

デモゴルゴン

見よ。

アシア

岩が裂ける、紫の夜をついて
虹の翼の馬に曳(ひ)かれ来る車が見える。
鈍重な風を踏んで来る——車ごとに
鋭い眼の馭者(ぎょしゃ)が立ち、馬を急(せ)き立て、飛ばしてくる。
悪鬼らに追われているように振り向くものもいる。[71]
だが、わたしには悪鬼の姿は見えず、ただきらめく星が見えるばかり、——
また、らんらんたる眼をし、前のめりになり、
自らの速さで出来る風を唇ももどかしげに呑み込むものもいる。[72]
愛するものが先へ逃げようとしているところを
今しもつかまえたかのようにして。その輝く髪の毛は

彗星のひらめく毛のようになって流れる——みな、
前へ前へと疾走していく。

デモゴルゴン

　　　　それらは永遠の時間[73]、
お前が尋ねたものだ。そのうちの一つがお前を待っている。

アシア

ぞっとする顔の「精」[74]が、
切り立った深い峡谷のほとりに、その暗黒[75]の車を抑えている。
おぞましい馭者よ、お前たちの兄弟とは似てもいないが、
お前は誰か。わたしをどこへ連れて行くのか。話せ。

精

我は定めの運命の影、

わが容姿よりも恐ろしきもの——かなたなる天体が
沈まぬうちに[76]我と共に昇り来る暗黒は、
天の王なき王座を永遠の夜の中に包んでしまう。

アシア

何のことを言っているのか。

パンテア

　　　　　　　　　　　　　　恐ろしい影が
その王座から昇って来る。不気味な煙が、
地震に破壊された都市（まち）の煙が海上に漂うような有様で。
見よ。その影が車に昇る……　駿馬らは
驚き、飛び上がる。見よ。駿馬らは目をこらし、行く道を見つめる、
夜空を暗くしているその星の道を。

アシア

　　　　　　　これが答えなのだ――不思議だ。

パンテア

あ、その道の果て近くに、また別の車が来ている――
象牙(77)の車体、はめこまれた紅(くれない)の焔(ほのお)が
外輪の内側から見え隠れする。
微妙な、不思議な細工の外輪。駿馬を御(ぎょ)す若い「精」の、
駆者。鳩のような、希望のその眼、――
穏やかなその微笑(ほほえ)みは魂を惹(ひ)きつける――
暗い夜気の中で明かりが蛾をおびき寄せるように。

精

　　わが駿馬らは雷光を食べ、
　旋風の流れの水を飲む。

茜（あかね）さす朝、明けそめんとする頃、
　すがすがしき陽光を浴びる、——
駿馬らには速さに相応（ふさわ）しき力がある——
されば、共々に乗ろう、大洋神の娘よ。

われ望む——されば駿馬らの速さは夜を燃えあがらせる、——
われ恐る——駿馬らは颱風（たいふう）を走り越す、——
アトラスの頭上に積んだ雲が縮み消えぬうちに
　われらは地と月を巡る、——
　昼には、長い働きを休むのだ——
されば、共に乗ろう、大洋神の娘よ。

第五場

車は、雪の山の頂上、雲の中に止まる。

アシア、パンテア、それから時間の精。

精

夜と朝の境に
わが馬らはいつも休む、――
だが、「大地」はいましがた警告を囁(ささや)いた。
火よりも速く飛ばせよ、と――
熱き希望の速さを飲ませよ、と。

アシア

あなたは駿馬らの鼻に息を吹きかける、だが、わたしの息は
もっと速さを出させよう。

精

悲しいかな、できぬだろう。

パンテア

おお、「精」よ、しばし待て。言え、
かの雲にみなぎる光はいずこから来るのか。

精

太陽は、昼までは昇らない。アポロは
不思議な力で天に止められている、――その光[78]は
この霧の中に満ちみちている、得も言えぬ色をなし、
泉に見入るばらの花が、水面を満たしているように、
あなたの大いなる姉ぎみから流れ来るのだ。

パンテア

そうだ、感じる……

アシア

どうしたのか、妹よ。顔が真っ青だ。

パンテア

なんという変貌。見つめることもできない、——
あなたを感じはするが、目には見えない。耐え得ぬばかりの
その美しい輝き。何ごとか好ましき変化が
四大(しだい)の中に働いているのだ。そして、四大は
かくもヴェールを取ったあなたの存在に耐えている。ネレイス(79)たちは
言う、あの日、澄みきった、ガラスのような海は、
あなたが昇って来ると、裂け、あなたは立ち上がった。
条(すじ)のついた貝殻の中に。貝殻は浮かびながら、
水晶のように透明な海の、静かな床(ゆか)の上を
エーゲ海の島々の間、あなたの名(80)を
持つ岸辺のあたりを漂っていった、——あのとき、愛は、

太陽の火の気が生ける世界に漲るように、
あなたから発してきた。そして、地と天を照らした。[81]
また、深い海や、太陽も届かぬ洞穴や、
その中に住むもの、すべてのものを照らした、――やがて悲しみが、
その魂から出て来て、それをば蝕んだ――
あなたは今、このような有様、――そして、わたしだけでなく、
あなたの妹、伴侶、あなた自ら選んだものだけでなく、
あなたと思いを同じくしようとしている世界中が、そういう有様だ。
空中に響く調べの音が聞こえぬか。そは愛を話す。
言の葉の力を持つ全人類の愛を。感じはせぬか、
生命なき風すらもあなたを想い慕っている――聞け。　〔音楽〕

アシア

あなたの言葉は、あの方の言葉のほかの何よりも美わしい。
あなたの言葉は、そのこだま――それでも、愛はすべて美わしい、

受けても、返されても。愛は光と等しく遍(あまね)きもの。
そして、ゆかしきその声は、いつまでも疲れを知らぬ。
そは、広い天のように、すべての生命(いのち)を支える大気のように、
地を這う生き物を神に等しいものとさえする――
愛の心を熱く燃え立たすものは幸せだ、
今のわたしのように、――だが、その愛を深く、
長い忍耐の後に感じるものは、なお幸せだ、
わたしがやがてそうなるように。

パンテア

聞け、精たちが話す。

空中の歌声[82]

生命(いのち)の生命(いのち)よ[83]、あなたの唇は燃え立たす、
洩(も)れくる息を、その愛で、――

また、あなたの微笑みは、消えぬ間に
　冷たき大気を火と燃やす、——そして微笑みを隠す、
その眼差しの中に。見つめるものは
眼差しの迷路に迷い込み、くずおれる。

光の子よ、あなたの手足[84]は輝いている、
　隠すと見ゆる衣の中から、
その有様は、輝く朝の光線が、
　雲を割る前に、雲の内から輝いてくるよう、——
いとも神々しい、この雰囲気は、
あなたがどこで輝いていても、あなたを包む。

あたりのものも美しい、——ただあなたは誰にも見えぬ、
　だが、あなたの声は低く優しく響いている、
いと美わしいものに相応しく。その声があなたを包み、

　見えなくしているのだ、あの流動する輝きを、
そして、すべてのものはあなたを感じているが、見ることはない
今、わたしが感じていても、いつまでも見えないでいるように。

地の灯火（ともしび）よ。[85]　あなたはいずこへ動き行くとも、
　そのほの暗き姿は、輝きの衣に包まれている。
そして、あなたが愛するものたちの魂は
　風の上を軽やかに歩み行き、
やがては倒れ伏す、今、わたしが倒れ伏しているように、
目はくらみ、見えなくなっても……　嘆きもせずに。

アシア

　　わが魂は魅せられし小舟、
　眠れる白鳥の如く浮かぶ、
あなたの優しき、かの歌声の銀波の上に、――

そして、あなたの魂は天使のように坐す、
この舟を導く舵のかたわらに。
かかる間（ま）に、四方（よも）の風は旋律に鳴り渡る。
いつまでも、いつまでも、舟は浮かび行くらし。
幾重にも、幾重にも、うねる波の面（も）を、
あまたなる山、森、深き洞穴を、
　原野の楽園（パラダイス）を。
熟睡（うまい）にしばられし人の如くなり、
流れ下り、彷徨（さまよ）い、大海原（おおうなばら）に運ばれ行く、
どこまでも拡がり行く歌声深い海に。

　かかる間も、あなたの「精」は翼を揚げる、
いと清らなる楽（がく）の音（ね）の世界の中に、
かの幸いの天をあおる風をはらみつつ。
かくてわれらの舟は進み行く、はるかかなたへと、

針路もなく、星あらずとも、
ゆかしき楽の音の本性（ほんせい）に駆り立てられつ、——
かくて、ついにはエリュシオンの楽園の小島を、
美わしの水先案内、あなたの手で、
人の小舟のいまだ渡りしこともなきところを
わがあこがれの舟は導かれ行く——
その世界にてわれらの吸う空気は、愛、
その愛は風の中を、波の上を、動き行く、
この大地と、われらが高きと感じるものとを調和させつつ。

われらは老年の、凍れる洞穴を、
壮年の暗き荒波を、
また、青年の、微笑（ほほえ）みが欺（あざむ）く甘き海原を通り来た——
われらは進み行く、鏡の如き入江、
幼年の、影の如きものの住むところを超え、

死と誕生を過ぎ、いやさらに神々しき生へと、——
樹陰つくる円天蓋の楽園、
垂れ下がり咲く花に映(は)ゆるところ、
また、曲がりくねる水の路(みち)、
穏やかな緑の原野、
まばゆきばかりの人々が住んでいる、
そこにやすらうのだ、この眼は見た、——あなたのようなものを——
そは海の面(も)をわたり、旋律美わしく歌い行く。

第三幕

第一場

天。ジュピターは王座に。
テティス(1)や、ほかの神々たちが集まっている。

ジュピター

汝（なんじ）ら、ここに集まる天の力よ、
汝らが仕えるものの栄光と権能（ちから）とを頒（わか）ち持つものたちよ、
喜べ、今から我は全能だ。
ほかのものはみな、昔から我に服従していた、――ただ一つ、
人間の魂だけが消えぬ火のように
天に燃え、逆らってくる。激しい非難、疑い、

嘆き、それが心を伴わぬ祈りなどといっしょになり
反抗を天に投げつけてくる。だが、それは
われらの古（いにしえ）からの帝国を危うくしかねないのだ、たとえ
いと古き信仰と地獄あるかぎり在る恐怖の上にそれが建とうとも、——
また、わが呪いが、ゆらめく大気を縫い、
草もない峰に降る雪のように、ひとひら、ひとひら落ちて
人間の魂にしがみつこうとも、——また、わが怒りの夜空の下で、
人間の魂が、生の切り立った岩を一足、一足、登って行くとき、
まさに氷が人間の魂を、靴もはかぬ足のように傷つけようとも、
なお人間の魂は悲惨に打ち勝ち、
征服されず、高みに上がってくる。だが、まもなく没落する——
いま我は、はや不思議な驚異の子をもうけている。
かの運命の子[2]、大地の恐怖だ、
これは定められた時が来るまでは待ち、
デモゴルゴンの空（から）になった王座から[3]

その不死の手足の恐るべき力を持ってくる。
姿の見えぬ、かの恐るべき精を包んでいる力だ、
そして、再び大地に降りて行き、(4) あの火花を消すのだ。

天の酒を注げ、イダのガニュメデスよ、
ダイダロスの杯に、(5) 火炎のようになみなみと注げ、——
また、綾なして花咲き乱れる天上の園からは
汝ら、勝鬨の楽の音よ、沸き上がれ、
露がたそがれの星の下から上るように。
飲め、汝らの血管を通り行く神酒は
喜びの魂となれ、永生の神々よ、
歓呼の声は、遍く響く一つの声となって、どよめき上がれ、
エリュシオンの風から来る楽の音のように。

　　　　　　　　　　　それから、汝は
わがそばに登り来たれ、ヴェールに覆われ、

汝と我を一つにするこの欲望の光の中でヴェールに覆われて、
永遠という輝かしい姿のテティスよ。
汝は叫んだ、《耐え難い力よ(6)、
神よ、助け給え、燃えさかる炎に耐え得ない、
焼き尽くす臨御、——わたしの体はまったく
ヌミディアの毒蛇の毒に溶かされ
露の雫とされてしまったもののようになり、
奥の底までも沈んでしまう。》そのとき——にこそ
二つの大いなる魂は相交わり、第三の、
いずれよりも大いなる魂を造ったのだ。今はまだ体を具えず、
二人の間に漂っている。それは感じられるのみ、目には見えぬが、
受肉(7)を待っている。そして登ってくる
(聞こえているか、炎のような車輪が轟々と
風をきしませる音が)、デモゴルゴンの王座から登ってくる。
勝利だ、勝利だ、感じないか、おお、世界よ、

そのものの戦車が大地を揺るがし、轟々と上がってくる、
オリュンポスの山を。
〔「時間」の車が到着。デモゴルゴン降り、ジュピターの王座
に向かって行く〕

恐ろしい姿のものよ、汝は何者だ。話せ。

デモゴルゴン

永遠だ。(8) それよりもおぞましい名を求めるな。
王座を降りよ、そして随いて来い、(9) 深い淵に降りて行くのだ。
我は汝の子。(10) 汝がサトゥルヌスの子であったように、——
我には汝よりもっと権力がある——ゆえにわれらはいっしょに
暗黒の中に住むのだ、これからは。汝はその雷光を揚げるな。
何者も天の暴虐を保持するものはないだろう、
後を継いで再び権力を自分のものにするものも、取るものもないだろう——
それでも、汝がそうしたいなら——踏み潰される

虫けらの運命のように、死ぬまでもがき——
その権力をふるってみるがいい。

ジュピター

いまいましい怪児め、
深いタイタンの牢獄[11]の下に
お前を踏みにじるぞ。何をためらっているか。
助けてくれ[12]、助けてくれ。
情けも許しも猶予もないとは……　おお、
あのわが敵を審判者にしてくれ、
いまは我が長い復讐をうけ、やつれはてて、
コーカサスの山上に懸けられているが、あれならこんな目には遭わせぬ。
優しく、正しく、恐れを知らぬ、あれこそが
世界の王者ではないのか。汝はいったい何者だ。
我は逃げもできず、訴えもできないのか。

ならばいっしょに沈んで行こう――
二人して、破滅の広い海に沈んで行こう、
鷲(わし)と蛇(13)が戦いに疲れ果て、
絡(から)み合ったまま、ほぐれずに、そのまま、
岸辺のない海に落ちるようになろうとも。地獄よ、切り落とせ、
嵐のような火炎の大洋の堰(せき)を、
そして、それに乗せて底なきところに沈めてしまおう、
この荒れ果てた世界を、汝をも、我をも、
勝者をも、敗者をも、互いに闘って
手に入れようとしたものの残骸をも。
ああ、ああ。
四大(しだい)も我が言うことをきかない……沈んで行く……
目がくらむ、下の方へ沈んで行く、どこまでも、永遠に、下方へ、――
そして、かなたにいるわが敵は雲のように
勝利をかざしてわが墜落を暗くする。ああ、ああ。

第二場

アトランティスの島[14]の大きな河の河口。
大洋神オケアノス[15]、岸辺近くで身を横たえている。
アポロン[16]、そのそばに立つ。

大洋神

彼は落ちて行った、というのだな、厳しい顔の勝利者の真下に。

アポロン

そうなのだ。戦いは終わった、それは
私が統治する球(きゅう)[17]を暗黒にし、恒星たちを震わせたが。
彼の眼の恐怖は天を照らした、
赤々と血のような光で、厚い、ぎざぎざの縁、勝ち誇った暗黒を貫いて、落ちて行ったときは——
まさに、昼の赤い断末魔の苦しみ、その最後の輝きが、
火のような雲の間の裂け目から
嵐に波立つ遠い海までも焼くようにして。[18]

大洋神

深い淵に沈んで行ったのか、彼は。暗黒の中へなのか。

アポロン

そうだ、彼はもはや鷲だ[19]——コーカサスの山上で突如沸き起こる
雲に巻き込まれた鷲だ。雷に打たれたその翼は
旋風にあおられてもつれ合い、
太陽を見つめてもくらまなかった眼は、いまや
白い電光のために潰れてしまった。そして重い雹が
そのもだえる体を打つ。そして、ついには

下方へと傾いて沈んで行き、空中の氷がそれにしがみつく。

大洋神

これからは、天の姿を映す海原[20]、
私の王国は、血に汚(けが)されずにうねってゆく、
波を揚げる風の下を、穀草の原さながらに、
夏の風にそよぎ、――私の流れは流れ行く、
人あまた住む数々の大陸を、また、
幸いの島々を、――そして、ガラスのような王座から
青いプロテウス[21]、水にひたる彼のニンフたちの目は
いくつもの美しい舟影を見る、人が、
光を積んで浮かぶ月の小舟を見るように、
姿見えぬ水先案内の兜(かぶと)があの白い星と共に[22]、
暮れ足はやい日没の引潮の海に運ばれて行く、――
その舟路を辿るものの血も、呻(うめ)きも、

荒廃も、もはやなく、入り混じる
奴隷や命令の声もない、――ただあるは光、
波（は）に映える花の光、[23] そして漂う芳香、
そして、たおやかな楽（がく）の音（ね）、そして、穏やかで、自由で、優しい声、
あの甘美な極みの、精たちが愛するような楽の音。

アポロン

そして私は眺めることはないだろう、私の心を
悲しみで曇らせるような数々の行為や、日蝕が
私の導く天球を暗くするような行為を。――だが、聞け、私には聞こえる、
あの小さな、澄んだ、銀（しろがね）の絃（いと）の音、年若い「精」が
明けの明星（みょうじょう）の中に坐して奏でる音が。

大洋神

行け、――

あなたの馬は夕べには休む、それまでは、さらば――
深い海は騒がしく私に帰れと呼んでいる、食べさせる時間だ、
紺碧（こんぺき）の静けさを、それはエメラルドの壺の中にいれてある、
王座のすぐそばに永遠に置いてあるのだ。
ネレイス[24]たちを見よ、緑色の海の下にいる、
手足が揺れ、風のような流れに乗って運ばれている、
白き腕（かいな）が、流れにたなびく髪の毛の上にあがる、
さまざまな色の花飾り、星をちりばめたような海の花の冠、
大いなる姉ぎみ[25]の喜びに栄えあらしめようと急いでいる。
〔波の音が聞こえる〕
静けさを食べさせられず、飢えている海[26]だ。
静まれ、異（あや）しきもの[27]たちよ、――すぐ行く。さらばだ。

アポロン
さらば。

第三場

コーカサス。

プロメテウス、ヘラクレス、イオネー、大地、精たち。

アシアとパンテアは時間の精といっしょに車に乗せられて来ている。

〔ヘラクレス、プロメテウスの鎖を解く。(28) プロメテウス、降り立つ〕

ヘラクレス

もろもろの「精」の中でいと栄光輝かしい方、このように力は、
知恵と、勇気と、寛容の愛(29)や、
それらが生命(いのち)を与えて姿となったあなたに、
奴隷のように仕えている。

プロメテウス

　　あなたの優しい言葉は
永い間待ち望まれた自由よりもっと美しい、
遅れしこと永き自由よりも。
　　アシアよ、あなたは生命の光、
眼には見えぬ美の影、——それから、あなたたち、
美わしきニンフの姉妹たち[30]よ、あなたたちは、永い歳月の苦痛を
想い起こすも甘美なものにしてくれた、愛と心やりとで、——
いまから後、われらは互いに離れていることはない。洞穴がある[31]、
かぐわしい蔓草が這いまつわって生い茂り、
葉や花は昼を遮り、
条の模様のエメラルドを敷きつめ、
泉は洞穴の真ん中で、心目覚めさす音[32]を出して踊る。
曲線を描く天井からは、山の凍った涙が
雪のように、銀のように、またダイヤモンドの長い尖った尖端のように
下がり、そこはかとない光を降り注いでいる、——

それから、そこでは小やみなく動く空気の音が聞こえてくる、
外の木から木へと囁き渡る。そして鳥や
蜜蜂(33)たち、——そして、あたりは一面、苔むすむしろ(34)、
また、天然の壁に掛かるは長い柔らかな草の衣——
つつましやかな住処、そこがわれらの住いとなる、
そこに坐して語り合うのだ、時や移り変わりのことを、
世界の潮は満ち干しても、われらは変わらずに(35)——
どうしたら人を無常理から隠せるだろうか。
だから、あなたたちが溜息をつくなら、私は微笑もう、——そして、あなたは、
イオネーよ、海の歌の片々を歌うのだ、
私が泣くまで。そのときは、あなたたちの微笑みは、
かの女がもたらした涙、流すもゆかしいその涙を拭い去ってくれる。
われらは蕾と花を、そして光を撚り合わせよう、
泉の縁で瞬いている光と、そして造ろう、
ありふれた物から不思議な結合を、

しばし無心のみどり児(ご)がするようにして、——
また、愛の眼差しと言葉とをもって探そう
秘められた想いの一つ一つ、前の想いよりなお美しい想い、
われらの尽きせぬ心の想いを、——そして、リュートのように
陶酔した風の巧みな手に触れられて、
聖(きよ)らかで、なおいつも新たなハーモニーを織っていこう、
不協和な音などあり得ない、いろいろな美しい音から。
そして、ここに来るのは、魅せられた風に乗り
天の隅々から吹き寄せるその風に駆り立てられて、蜂が
涼やかなエンナ[36]の高原が養う花を吸い
イメーラ[37]の河の住処(すみか)に帰って来るように——
人類の世界のこだまが鳴り響いてくる、そして、告げる、
聞きとれぬほどの低い愛の声や、
鳩(はと)の眼のような思いやりが呟(つぶや)く苦痛のことや、楽(がく)の音(ね)のこと、
それ自体が心のこだまなる楽の音のことや、すべて、

人の生命（いのち）を鍛え、改良し今や自由なるものとしているものなどを、――
それから、美しい数々の現象も、初めはおぼろだが、
やがて燦然（さんぜん）と楽しく心が輝き、
心が美に抱かれて上がって来ては（様々な姿が
現象の化身となり）その化身に
実在という光を集めて当てる――
われらを訪れるのは、それらの現象の不滅のひこばえ、
絵画、彫刻、陶然とさせる詩歌、
未だ想像されずとも、やがて実在となる様々な芸術。
これはみな、人が成らんとするものの漂う声、
またその影、愛の仲立ち、
あの最善の崇拝なる愛、人とわれらが
与え、返し合う、――霊感の形象や楽の音、それはますます
人が賢く優しくなるに従い、優美に、穏やかとなっていく。
そして、ヴェールが一つ落ちるごとに、悪と過誤が落ちて行く――

このような力こそが、その洞穴のあたりにはあるのだ。
〔時間の精の方に向かって〕
美わしい「精」よ、あなたには仕事が一つ残っている。イオネーよ、
かの女にあの巻貝をあげなさい。それは、年老いたプロテウス[38]が
アシアの結婚の贈物として作り、その中に
やがて成就される一つの声が吹き入れてある、それをあなたは
虚ろの岩の下の草の中に隠しておいたはずだ。

イオネー

いたく望まれていた「時間」の「精」よ、あなたの姉妹たちよりも
もっと愛され、美しい精よ、これがその神秘の巻貝、――
見よ、その淡く青い緑の色が銀色に変わっていく、
柔らかな、しかも燃えるような光で縁どりつつ――
楽の音がそこにあやされて眠っているようではないか。

精

それは本当に大洋神のいちばん美しい貝のように見える——
その響きはきっと美わしくも不思議なものに違いない。

プロメテウス

行け、人類の数々の都市（まち）へ、
旋風を足とする駿馬に乗って——もう一度
太陽よりも疾（はや）く走り、円球の世界をめぐり来よ、——
そして、あなたの戦車が、激しく動く空気をつき裂いてゆきながら、
幾重にも巻くその螺旋（らせん）の貝の中に息を吹き入れ、
大いなる楽（がく）の音（ね）を放て、——りゅうりょうと、
清（さや）かなこだまと混じり合う雷鳴のように。そして
戻り来よ、——それからわれらの洞穴のそばに住め。
それから、あなたは、おお、母なる大地よ[39]——

大地

　　　　　　　　　　　聞いている、感じている、――
あなたの唇がわたしの上に置かれている、その感触が走り下(くだ)り
金剛石の中心の幽暗なところにまで、
この大理石の神経に沿って来る、――生命(いのち)、歓び、
わたしの老い枯れた氷の柱の中を
永遠なる若さの暖かさが駆け降り
めぐる。これからは、あまたの美わしい子らが
生命(いのち)を支えるわたしの腕(かいな)の中に抱かれる――すべての植物、
地を這うもの、虹の翼持つ昆虫たち、
鳥、獣、人類として造られしもの、
わたしの青白い胸から病(やまい)と痛苦を吸い、
失望の毒を飲みほしたもの、みなに
甘味なる栄養をとらせ、互いに交換させる――わたしには
みな羚羊(かもしか)の姉妹[40]のようになるだろう、

母鹿に、雪のように白く、風のように疾(はや)く
溢れる流れ近く、百合(ゆり)の花の中で育てられ。
わたしの夜の眠りの露霧(つゆぎり)は
夜空の下でかぐわしい香りのように漂うだろう、——夜に抱かれた花々は
そのやすらいの時に衰え知らぬ色を吸う、——
そして人と獣は楽しい夢路を辿るなかで
来(きた)るべき日と、そのすべての喜びのために力を集める、——
そして、死は最後の抱擁、
わたしが与えた生命(いのち)、それをとるわたしの最後の抱擁とするのだ、母親が
その子を抱き、《もう離れるな》と言うように。

アシア

おお、母よ、何ゆえに死の名を言うのか。
それら[41]は、愛しも、動きも、息も、話しもしなくなるのか、
　　誰が死ぬのか。

大地

答えても分からないだろう――
あなたは死を知らない。この言葉[42]は
交わす言葉を持たぬ死者だけにしか分からないこと、
死はヴェール[43]、それを生けるものたちは生と呼ぶ――
彼らが眠ると、ヴェールは上げられる、――そしてその間に、
穏やかな四季が穏やかに移ろう中で、
虹の裾(すそ)をつけた俄雨(にわかあめ)や、かぐわしい風、
冴えない夜を洗い浄(きよ)める、長く、青い隕星(いんせい)、
生命(いのち)を目覚めさせる鋭い日の
すべてを貫く弓の矢、そして露と混じり合う
平静な月光の雨、穏やかな、柔らかな力、
それがみな、森や野に、そう、
不毛の海底の峨々(がが)たる岩の砂漠にすら

永生の葉や果実や花などの装いを衣(き)せる。
それから、あ、精よ——そう、洞窟があるのだ、そこで[44]わたしの精気は
悩みのあまり喘(あえ)ぎ、吐き出された、あなたの苦痛が
わたしの心を狂おしくしていたあのときは。わたしの精気を吸ったものたちは
心を狂わせ、そこに祠(ほこら)[45]を築き、
語らいをし、神託をし、
過(あやま)てる国々を互いに戦うよう誘った、
真実なき信に誘った。ジョゥヴがあなたたちにしてきたように——
その息がいま立ちのぼる、丈高い雑草の中の
菫(すみれ)の香のように発散し、
前よりも澄んだ光と紅色の空気を、強く、しかし柔らかに
漲(みなぎ)らせる、あたりの岩や森に、——
それは、蛇のようにくねった葡萄(ぶどう)の樹の食べ物となり、生育をはやめる、
妖(あや)しくもつれ絡(から)み合った濃い緑色の蔦(つた)にも、
芽ぐむ花、開いた花、また、香り褪(あ)せた花にも、

花々は彩られた光芒（こうぼう）となって、風に星とちりばめる、
風の中を雨のように散るときに。そして、きららな黄金の球体、
果実は自らの緑の天に吊り下がる、
そして、筋ある葉と琥珀（こはく）色の幹の間は
花の紫の透き通る杯（さかずき）が、
大気の露をいつも泡立たせる、
精たちの飲み物を、——このように息はあたりを取り囲む、
真昼の夢の、静かに羽ばたく翼のように、
わたしの想いのような静かな、嬉しい想いを吸い込みながら、
このようになって、いまあなたは元に戻った。この洞穴はあなたのもの。
精よ[46]、立て、現れよ。

［「精」がひとり、翼を持った子どもの姿で上がって来る］

これはわたしの松明（たいまつ）持ち[47]、——
この子は見つめる眼差しで、その明かりを古い時の中に放ち、
その眼で、新たに愛をもって明かりを燃え立たす、

火のような愛をもって。わたしの美(うる)わしい娘[48]よ、
そういうものがあなたのその眼にはあるのだ。走り行け、気まぐれな子よ、
そして、この二人[49]を連れて行け、
バッカスのニューサの峰や、マイナスの住む山[50]のかなたへ、
それから、インダスとそれに貢(みつ)ぐ河のかなたへ、
奔流や、ガラスのような湖をわたり、
足も濡らさず、疲れも知らず、遅くもならず、
また、緑の峡谷を高く登り、谷を横切って行け、
風もなく水晶のように澄みきった水のほとりを、
そこは何物をも消し去らぬ波の上、永遠に
高く建てられた社(やしろ)の姿が在る、
くっきりと見える、円柱(えんちゅう)、拱門(きょうもん)、軒縁(のきぶち)、
棕梠(しゅろ)のような柱頭、一面に施された彫刻、
まさに生きているような数々の彫像——
プラクシテレスが彫ったような像[51]、その大理石の微笑は

静まりかえった空気に永遠の愛を漲らせている。
その愛はいまは顧みられていないが、かつては持っていた、
プロメテウスというあなたの名前を、――そこへたゆまぬ若人(わこうど)たちは
あなたの栄光のために、天の幽暗の中を、
あなたの象徴たるあの明かりを運んで行った――まさに
希望の松明を、他人の手には委ねずに[52]
生命(いのち)の夜をついて墓場へと持っていったものたちのように、
あなたがその明かりを誇りをもって
時間のこの遠い決勝点まで運んで来たように。いざ、行け。
あの御社(みやしろ)のそばに定めの洞穴がある。

第四場[53]

森。
背景に洞穴。

プロメテウス、アシア、パンテア、イオネー、大地の精[54]。

イオネー

姉ぎみよ、あの精は地上のものではない……　あの滑り方、
木の葉を潜って行く。頭に燃えている光、
緑の星のよう、そのエメラルドの光線[55]が
美しい髪の毛と絡み合う。あれが動くと、
輝きがひらひらと草の上に落ちる。
あなたはあれを知っているのか。

パンテア

あれは微妙な精、
大地を導いて天の中を行くもの。はるか遠くから
多くの星座はあの明かりのことを
一番美しい遊星と呼んでいる、——そして時々

あれは塩多い海の飛沫(しぶき)の上に浮かんだり、
もうもうたる雲をその戦車にしたり、
人の眠る間、野や都市(まち)を歩いたり、
山の頂きに登ったり、川に降りたり、
広漠とした緑の原野を突き進んで行ったりする、いまのように、
目にするものみなに驚き異(あや)しみながら。ジョゥヴの支配以前、
あれは、わたしたちの姉アシアを愛していた、そして、
暇をみては、澄みきったその眼の光を飲みにやって来た、
アシアの眼の光を。そして飲みたいと言った、
毒蛇(56)に噛まれて渇いたもののようになって、また、アシアに
子供らしい内緒と言っては、
知ったこと、見たことをみな話すのだった。いっぱい見たから、
といっても見たことをたわいもない話にしてしまう。そしてかの女(じょ)を――
自分がどこから生まれたか知らなかったので、わたしだって知りませんが――
母よ、いとしい母よ、と呼んだ。

大地の精（アシアのところに駆け寄り）

　　　　　　母よ、いとしい母よ、[57]——
では、もとのようにあなたと話してもいいのか。
わたしの眼をあなたの柔らかな腕の中に埋めてもいいのか、
あなたの眼差しはわたしの眼を喜びのために疲れさせてしまったから。
また、長い昼の間、そばで遊んでいてもいいのか、
明るく静かな大気の中で何もすることがないときには。

アシア

いとも優しき存在よ、わたしはあなたを愛している、これからは、
誰にも妬まれずに、あなたを慈しむことができる。話せ——
あなたの飾り気ない話は、かつては慰めだったが、いまは悦び。

大地の精

母よ、わたしは成長し、ずっと賢くなった、子供が
この一日のうちにあなたのように賢くなれるはずはないのに、――
あなたより幸せにも、――あなた以上に幸せで賢くも。
あなたは知っている、ひき蛙や、忌まわしい虫けらや、
毒を持っている有害な獣や、
悪い実を持っている森の木の枝が、いつも
緑の世界を行くわたしの足の妨げだったことを、――
また、人類が集まっているところでは、
難しい容貌の男たちの高ぶり、怒った顔つき、
冷やかな落ち着き払った歩きぶり、偽りの虚（うつ）ろな笑み、
自尊心の鈍感無知の冷笑、
そのほかいろいろ醜（みにく）い仮面をかぶり、よからぬ思いで、
われら精が人間と呼ぶ、美しい存在を見えなくするもののことを、――
また、およそ邪悪なるものの中で最も醜き女たちのことも、
（あなたが美しい存在である世界にいて、

あなたのように善で心優しく自由、かつ、誠実であればこそ美しくあるのに）
ひとを惑わす、怒った顔つきは、わたしの心をむかつかせた、
彼らが眠っていたので、見られずに通り過ぎはしたけれども。
さて、先頃、わたしはさる大いなる都市（まち）の中を通り、
そこをめぐる丘のこんもりと樹木の茂ったところに入って行った。
哨兵（しょうへい）が一人、門のところにいて眠っていた――
そのとき、一つの楽（がく）の音（ね）[58]が起こった、とても大きい音で、
月光を浴びて立つ塔を揺るがした、その美しさは
あなた以外の誰の声よりも美しい、すべてに勝る美しさ、
長い、長い楽の音だった、いつまでも終わらないと思えるほど、――
すると、そこに住んでいるものたちはみな一斉に
眠りから飛び起きて来て、街路に群がり、
驚き異（あや）しみながら天を見上げた、その間も
楽の音は響いていった。わたしは身を隠し、
広場の泉の中に入り、

そこに横たわって月影が映っているようにしていた、
水の中、緑の葉の下で、——すると、まもなく
あの醜い人間の姿や顔つきをしたものどもが、
わたしを苦しめたと前に言ったものどもが、
大気の中を漂いながら通り過ぎ、すっと消え去った、
彼らを吹き散らした風の中に、——そして
彼らが去ると人々は穏やかでいとおしい姿のようになった、
醜い仮面などがとれてしまったからだ——すべてが
何か変わってしまった、——そして、しばし驚き、
驚異に歓喜する挨拶をした後、みな
再び眠りにつきに帰って行った、——そして夜が明けると
ひき蛙も、蛇も、蠑螈(いもり)も、こんなに
美しくなった[59]ろうとは、思えるだろうか。しかしまさに、そうなったのだ、
しかも、形も色も少しも変わらず——
すべてのものが、悪しき性(しょう)を棄て去ったのだ。

言いようもない歓びは、そのとき湖のかなたへ
いぬほおずきが絡みしなだれる枝に
紺碧色(こんぺきいろ)の翡翠(かわせみ)[60]が二羽、とまり下がっているのを見た、
ひと房のきららな琥珀色の実を間引いている、
長い嘴(くちばし)ですばやく、そして、水の深みには
この鳥たちの愛らしい姿が空にいるように映っていた。
こうして、わたしの想いはそういう嬉しい変化のことでいっぱいになり、
いま、わたしたちは再び会っている。何よりも最高に嬉しい変化だ。

アシア

そして、われらも離れはしない。あなたのしとやかな妹[61]が、
凍り、変わりやすい月を導いているかの女(じょ)が、
何よりも温かく、へだてのないあなたの光を見て、
その心が四月の雪びらのように溶け、
あなたを愛するようになるまで。

大地の精

なんだと、――アシアがプロメテウスを愛するようにか。

アシア

言うな、きままものよ。あなたはまだ大人ではない。
互いの眼を見つめ合うことで
互いの美しい自己[62]を増大させ、
月籠（つごもり）の大気に天の火を漲（みなぎ）らせると思っているのか。

大地の精

いいえ、母よ、妹がランプの芯を刈っている間、
わたしが暗くなってゆくのが辛い。

アシア

聞け、　――見よ。

〔時間の精が登場〕

プロメテウス

我は汝が聞いたこと、見たこと、それは感じている――だが、話せ。

時間の精

楽の音の響きがやみ、その轟く音が、
天空の深い淵や広い大地に満ちみちた後まもなく
変化が起こった……　感じ得ない薄い空気や、
あらゆるものをとり巻く太陽の光は変容した、
まるで、空気や光の中に溶けこんだ愛の感覚が
円球の世界のまわりに自らを包み込ませてしまったかのようになった。
すると、わたしの幻想ははっきりとなり、眼は

宇宙の神秘の中に入って行て見ることができた。
歓びのあまり眼もくらんで、漂い降（くだ）って行った、
弱い羽で薄い大気を羽ばたきながら、
わたしの駿馬らはその故郷（ふるさと）を太陽の中に求めた、
これからは、そこに住み、労役（はたらき）を免じられる、
火の花草を食（は）みながら、――
そして、そこにわたしの月のような車は立つ、
殿堂の中に、フィディアス[63]が刻んだような像に見つめられる、
あなたや、アシアや、大地や、わたしの像に、また、
わたしたちが感じた愛を眼に表す美しいあなたたち、ニンフたちの像に、
愛が運んで来た音信（おとずれ）の記念――
花の彫刻に飾られた円蓋の下、
十二の華やかな美しい石柱にのせられ、
そして、その柱は、明るく澄んだ空に向かい
双頭の蛇で繫（つな）がれ、

この翼ある駿馬たちに似た像は、
かつて飛び翔(かけ)た姿を模して、そこにやすらぐ。ああ、
自分だけ話して、わたしの言葉はどこへ彷徨(さまよ)ってしまったのか、
あなたがたが聞きたいと思っていることをまだ全部は話していないのに。
前に言ったように、わたしは大地に向かって彷徨って行った――、
幸せな苦痛だった、いまでもそうだ、
動くこと、息をすること、存在することは、――わたしは彷徨って行った、
人類が棲息し、住まっているところの中に、
そして、初めは失望した、見えなかったのだ、
心の内に感じていたあの大いなる変化が
外なるものに表れていることに、――だが、まもなく見えた、
見よ、王座に王たちはおらず、人々の歩む様は
互いに精たちのようだった――
おもねるものも、蔑(さげす)むものもいない、――憎しみ、侮(あなど)り、恐れ、
自己愛、自蔑、そういうものが人類の額には

もう刻印されていなかった、地獄の門の
刻印、《汝らここに入るもの一切の望みを棄てよ》[64]のように、——
眉をひそめるもの、おののくものもなかった、おどおどと真剣に
他者の冷たい命令の眼をじっと見つめ、
はては、暴虐なるものの意志に服従するものとなり、
さらなる悪しき運命、自ら(みずか)の運命に服従するものとなり、
それに駆り立てられ、疲れきった馬のようになり、死に至るものもなかった。
何ものも、真理をもつれさせるような唇の形を作って、
己(おの)が舌さえも話すことを潔(いさぎよ)しとしない偽りの微笑をしたりはしなかった、——
何者も、かたくなに冷笑し、心の中で、
愛と希望の火花を踏み消し、はては、
苦渋の遺骸、自己消耗の魂を残したりするものはなかった、
また、浅ましきものたちが、人々の中に吸血鬼のように忍び込み、
その恐るべき悪害を感染させてまわるようなものはなかった、
月並な、偽りの、冷やかな、空(むな)しいことを話し、

《然り》と口では言いながら、心には《否》と言わせ(65)、
心にもなく、白々しく問いつめては、
名状しがたい自己不信に陥るものもいなかった。
そして、婦人たちも、素直に、美しく、優しく、
瑞々しい光と露を大地に降らす自由な天のようになって
歩いていた――優しく、輝く姿となって、
習慣という悪の汚らわしい毒から免疫となり
かつては考えることのできなかった叡智を話し、
かつては恐ろしくて感じようとしなかった感情を眼に表し、
そして、かつてはそうなろうとさえ思わなかったものに変わってしまい、
いまは、大地を天国のようにしていた、――高慢も、
妬みも、嫉みも、悪しき心も、
胸に蓄えた苦い、苦い恨みの滴りも
無憂華(66)の甘い味、愛を損なわなかった。

王座、祭壇、法廷、牢獄、――その中や
その傍らで、惨（みじ）めなものたちがその手で運んだ
笏（しゃく）や、三重の冠[67]、剣や鎖や巻物、
無知のものらが注釈し、理屈で固めた不正な巻物――
それはみな、あの怪奇で野蛮な形のようなものとなり、
もはや誰にも覚えられていない幽霊のようなものになった、
これらのものが、壊れていないオベリスク[68]から
宮殿や陵墓のあたりを、勝ち誇って見渡している、
かつて征服者たりしものらの宮殿や陵墓、一面に崩れ落ちている様、
それは王者や僧たちの誇りを表し、
暗く、しかも強力な信念、広大な権力を、
世界を荒廃させるほど広大な権力を表すものだった。だが、いまは
ただ唖然（あぜん）たるばかりのもの、――同じように、様々な機械、
最近、世界を束縛するものとなったものなどの象徴は、
大地の人の住むところで

廃棄されてはいないが、いまは無価値のものとなった。
そして、こういう忌まわしい姿をとったもの、神と人とに嫌われたもの、
これらのものこそが、いろいろな名や、いろいろ
奇妙な、野蛮な、おぞましい、暗い、厭わしい姿をした
世界の暴君、ジュピターだったのだ、——
恐怖に駆られた国々は、これに血を献げた、
また、長い間の希望に千々に砕けた心や愛を
この暴君の汚れて花もない祭壇に引きずり行き、
人々の抗い難い涙の中でそれを屠り、献げ、
人々が恐れたものに諛った。この恐れは憎しみとなった——
荒廃し、崩壊し去る神殿を見る顔もゆがむ。
かつて人々に生と呼ばれた、描かれしヴェール[69]、
それは、様々な色でそこはかとなく塗りつぶしたような模写、
人々が信じ、望んだこと、それは裂き捨てられ、——
その厭わしい仮面は落ち、人類は

笏もなく、自由で、制限もない――だが、人類は――
平等となり、階級なく、人種のへだて、国々の別なく、
畏怖、礼拝、身分の別けへだてが取り除かれ、王者として
自らを治め、[70]――正しく、優しく、賢くなっている――だが、人類に――
煩悩(ぼんのう)はなくなったのか。あるのだ、それでも罪苦からは解放されている、
罪苦はかつて存在したもの、人類がその意志でつくり、身に受けたのだから、
それを奴隷のように治めてはいるのに、
偶然、死、無常からのがれることはない、
このような障害さえなければ、天翔(あまかけ)り、
天の、誰もまだ登ったことのない極みの星をも飛び越し、
虚空の極みの芯の中、[71]目も見えなくなる絶頂にも行けるかもしれないのだ。

第四幕

場面。プロメテウスの洞穴の近くの森の、ある場所。
パンテアとイオネーは眠っている。
二人は、初めの歌の間に徐々に目を覚ます。

姿の見えない精たちの声(1)

青白い星たちは去った。
その駿足(しゅんそく)の羊飼、太陽は
星たちをその羊小屋に、
深いあけぼのの中へ駆り立てつつ
急ぐ、星たちを蝕する体勢で。星たちは逃れる、
太陽の青い住処(すみか)のかなたへと、
仔鹿たちが豹から逃げるように——

だが、お前たちは、どこにいるか。

〔暗い姿のものや影の行列(2)が、ごたごたと歌いながら通り過ぎて行く〕

　ここだ、おお、ここだ
　われらは運んでいる、
抹殺された長い歳月の父の柩(ひつぎ)を。
　われらは亡霊、
　死せる「時間」の。
われらは「時」を運ぶ、永遠の中のその墓場へと(3)。
　撒き散らせ、おお、撒き散らせ、
　水松(いちい)ならぬ髪の毛(4)を。
埃(ほこり)まみれの墓の覆いを、露ならぬ涙で濡らせ。
　色褪(あ)せた花を、
死の、荒れ果てた住処の花を

「時間」の王の屍の上に撒き散らせ。
　急げ、おお、急げ。
　影が追いやられるように、
昼のために、天の青い茫漠たる広野から震えながら、
　われらは溶ける、
　消える飛沫のように、
さらに神々しくなった時代の子らのところから。
　その子守歌は
　　風の音、
己がハーモニーの胸の上に消え行く風の音。

〔みな、消える〕

イオネー
　あの暗い姿のものは何者だったのか。[5]

パンテア
弱い、灰色の、過去の「時間」、
その手に持つ戦利品は自ら労して
かき集めたもの、
唯一人だけが打ち挫き得た征服者から集めたもの。[6]

イオネー
彼らは行ってしまったか。

パンテア
行ってしまった、——
風を追い越して行ってしまった、——
逃げ去ったと言われているうちにも——

イオネー

　どこへ、おお、どこへ。

パンテア

　暗黒へ、過去へ、死へ。

姿の見えない精たちの声

　輝く雲、天に浮かび、
露の星、地にきらめき、
波浪、海原(うなばら)に集まり、
　　寄せては返す、
愉悦の嵐に、歓喜の狂乱に。
　みな、感情に打ち震え、
　　陽気になって踊る[7]——
　だが、お前たちはどこだ。

松の樹の枝が歌っている、
古い歌を新しい嬉しさで、
海と泉が
爽やかな楽の音を放っている、
地から、海から、精の調べのように、——
嵐は山をからかう、
嬉しさの雷鳴をとよませて。
だが、お前たちはどこだ。

イオネー
このものたちは、何の馭者か。

パンテア
その戦車はどこか。

「時間」たちのセミコーラス（一）

「大気」の「精」と「大地」の「精」の声は
眠りの、描かれた幕を引いていった[8]、
眠りの中にわれらの存在を隠し、その誕生を暗く
していた幕を——

一つの声

深いところ[9]へか。

セミコーラス（二）

そうだ、深い下のところへだ。

セミコーラス（一）

百年（ももとせ）[10]の世々、われらは育てられていた、

憎しみ、悩みの幻の揺籃（ゆりかご）の中に、
そして、世の兄弟が眠り、それぞれの兄弟が目覚めては、
真実を見出した——

セミコーラス（二）

兄弟が描いた幻よりも悪い真実をだ。

セミコーラス（一）

われらは聞いた、希望の絃（いと）の調べを(11)眠りの中で、——
われらは知った、愛の声を(12)夢路の中で、——
われらは感じた、権能（ちから）なるものの杖を、そして跳びあがる(13)——

セミコーラス（二）

海が朝の光線に跳びあがるように。

コーラス

微風(そよかぜ)の床(ゆか)の上に舞いを織れ、
　天の静かな光を歌で貫け、
疾(はや)く飛び去り過ぎる日を魅惑し、
　夜の洞穴に入らぬうちにその翼を抑えよ。

かつて、飢えた「時間」は猟犬となり、
　血まみれの鹿を追うように日を追った、
日は多くの傷を追い、足を引きずりながら
　不毛の歳月の夜のような谷間を縫って行った。

だがいまは――おお、霊妙な拍(はく)を織れ、
　楽(がく)の調べや舞跳や様々な形の光を、――
「時間」たちと、力や愉楽の「精」たちを
　雲と陽光のように一体とならせよ――

一つの声

　一体と。

パンテア

見よ、人類の精神の「精」たちが、
輝くヴェールに包まれたように、美しい楽(がく)の音(ね)に包まれて近づいて来る。

「精」たちのコーラス

　　われらは入る
　舞いと歌の輪に、
嬉しさの旋風に運ばれて来て、——
　飛魚(とびうお)が
　　インド[14]の深い海から跳びあがり、
半ば眠っている海鳥たちと混ざり合うように。

「時間」たちのコーラス

お前たちはどこから来ているのか、そんなに気のむくまま、速く、
電光の履物（はきもの）をその足に履き、
翼は柔らかく、思想のように速い、
そして、眼はヴェールをしない愛のようだ。

「精」たちのコーラス

　　われらは来ている、
　人間の精神から、
これまでは暗く、忌まわしく、盲目だったが、
　　いまは大海、
　澄みきった感情の大海、
静穏な、力強い、運動の天だ、

　あの深い、
　　驚異と至福の淵、
その洞穴が水晶のような宮殿になっているところから来ている、――
　あの天にそびえる塔で、
　冠を戴いた思想の諸勢力が
坐して、お前たちの舞いを見ているところから来ている、幸せな「時間」たちよ。
　　ほのかに明るい隠家（かくれが）、
　　交わし合う愛撫、
恋人たちが互いに乱れ髪をとらえ合うところから来ている、――
　紺碧（こんぺき）の島々で
　美（うる）わしい叡智（えいち）が微笑（ほほえ）み、
セイレーン[15]のような巧みさで船足を遅らせるところから来ている、――
　　高いところ[16]にある殿堂、

　人間の耳や眼、
彫刻や詩を屋根のように覆っているところから来ている、――
　ほとばしり出る泉が
囁(ささや)き、
科学がダイダロス(17)の翼を濡らすところから来ている。

　来る年も、来る年も、
　血と涙の中を、
憎悪、希望、恐怖の群がる地獄の中をよぎり、――
　渡って来た、飛んで来た、
　そして、島々では
幸せの花が蕾(つぼみ)のままで凋(しぼ)むことはなかった。
　われらの足には、いまは、みな足裏に、
穏やかな履物を履かされている、

そして、翼に置かれる露は香油の雨、——
　見はるかすかなたには
　　人類の愛があり、
その見つめるものをみな楽園にしている。

「精」たちと「時間」たちとのコーラス

さらば霊妙なる調べの網を編め、——
　天空の深いところから、大地のすみずみから
来れ、力と喜びの速い「精」たちよ、
　そして、歓喜の舞いと楽の音を満たせ、
幾千の流れの波が逆巻いて
壮麗と調和の大海に向かうように。

「精」たちのコーラス

　戦利品は勝ちとった、

　われらの任務は終わった、
潜るも、翔るも、走るも自由だ、――
　世界を暗黒で
　包んでいる境の
かなたへでも、そのあたりへでも、その中へでも。

　われらは眼を
　星空の眼を
灰色の深みまでも見やり、そこに住む、――
「死」も、「混沌」も、「夜」も、
　われらが飛ぶ音を聞き、
靄が嵐の力から逃げるように、逃げて行く。

　そして、「大地」や、「大気」や、「光明」や、
「力」の「精」は

火のように翔り、星を追いまわす、――
　また、「愛」や、「思想」や、「生命(いのち)の息」や、
「死」を鎮めるさまざまな勢力が、
われらがどこへ翔て行っても、われらの下に集まり来る。
　かくてわれらの歌は築く、
　虚空の無限の原野に、
「叡智」の「精」が力をふるう世界を、――
　われらは計画を立てる、
　人類の新世界から、
そして、われらのつくるものをプロメテウス的なる世界と呼ぶのだ。

「時間」たちのコーラス

舞いを分けよ、歌を撒き散らせ、――
　あるものは離れ、あるものは残れ。

セミコーラス(一)
われらはかなたなる天に運ばれてゆく[18]――

セミコーラス(二)
　大地の魅力がわれらの足を止める[19]――

セミコーラス(一)
小(お)やみなく、疾(はや)く、激しく、自由に、
新しい大地や海を築く「精」たちと共に、
天たり得なかったところに天を築く「精」たちと共に――

セミコーラス(二)
おごそかに、ゆったりと、うららかに、明るく、
「昼」を導き、「夜」を追い越しつつ、

全き光の世界の諸「勢力」と共に――

セミコーラス(一)

われらは旋回る、高らかに歌いつつ、集まり来る球のまわりを、
樹々や、獣や、雲が、
恐怖ならぬ、愛に鎮められし混沌の中から現れ出ずるまで――

セミコーラス(二)

われらは旋回る、大地の山、海を、
大地に死と誕生を持つ幸せなものたちは
われらの甘美なる楽の音に合わせ変化する。

「時間」と「精」たちのコーラス

舞いを分けよ、歌を撒きちらせ、――
あるものは離れ、あるものは残れ、――

われらいずこに飛ぼうとも、われらは
光線を牽（ひ）くように、優しく、強く、導きひいていく、
　愛の甘い雨にしっとりと濡れている雲たちを。

パンテア
あ、みな行ってしまった。

イオネー
　　　　　　　　でも、嬉しいと感じないか、
去って行ったあの甘美さから。

パンテア
　　　　　　　　ただ緑一色の丘が、
柔らかい雲が雨となって消え失せるとき、
陽光に映える幾千の水滴といっしょに、

一点の雲もない天空に微笑(ほほえ)みかけるように。

イオネー

話している間にも

新しい歌の調べが沸き上がってくる……　あのおごそかな響きは何。

パンテア

あれは旋回(まわ)る世界の深い楽(がく)の音(ね)、
波動する大気の絃(いと)の内側で燃え立たせているのだ、
アイオロス風[20]の楽の調べを。

イオネー

また聞け、

休止ごとに漲(みなぎ)る低い音のハーモニーを、
澄んだ、銀(しろがね)のような、氷のような、鋭い、目覚めさせるような音(ね)[21]、

それは感覚を貫き、魂の中に生きてゆく、
鋭い星の光が水晶のように澄んだ冬の大気を貫き、
海中に映った自分の姿を見つめるように。

パンテア

だが、見よ、[22]森の中にある二つの入口、
一つの小川の二筋の流れ[23]、
しだれた枝が覆いかぶさるところ、
菫(すみれ)を織りまぜて密生している苔(こけ)の間で、
それぞれが旋律の道をつくっていた——二人の姉妹(しまい)が
笑顔で会えるよう、いまは溜息(ためいき)で別れ、
その恋しい別離を、いとおしい悲しみの島、
懐かしくも悲しい想いの森にしているように——
不可思議に輝く二つの幻影[24]が浮かんでいる、
強い音の、大海のような魅力の上に、

それはますます激しく、鋭く、深く流れて行く、
地下を、そして凪のない大気の中を通って。

イオネー

戦車[25]が見える——細い小舟のよう、
それに乗って「月」々の「母」[26]は運ばれてゆく、
引潮のように退(ひ)く光の手で、西の方の洞穴へと、
そのとき、母は月籠(つごもり)の夢からまた姿を現す——
小舟には天球のような蓋(ふた)がかかっている、
優しく暗く、そして丘や森が
ほの暗い大気のヴェールの中で冴えざえと、
妖術師の鏡の中のもののように見える、——
その車輪は厚い雲、紺碧色で金色、
雷雨の神々が
明るく照った海の床(ゆか)の上に積み上げたような雲、

太陽がその下に走りこむ、――雲は旋回（まわ）り、
動き、大きくなる、内に向かって吹く風でそうなるように
小舟の内側には翼をつけた幼児が坐り――白い、
その顔の白さ、きららな雪のよう、――
その羽は、陽光を受けた霜の羽毛のよう、――
手足はほの白く輝やく、風になびいてつくる襞（ひだ）、
天の真珠を横糸としたその白い衣の襞の中で、――
その髪の毛の白光の輝き、
糸となって撒きちらす、――その眼は二つの天、
澄んだ深い色、それは神のようなものが
その中から注（そそ）ぐ様、激しい雨が
ぎざぎざの雲、その矢のような睫毛（まつげ）から注ぎ出されるように、
あたりの冷たく輝く空気を
きらめきならぬ火で和らげながら、――手の中では、
震える月の光を揺らめかせ、光の先端から

導く力が出て戦車の舳(とも)を動かす、
雲の車輪を制しながら、そして草の上を、
花の上を、波の上を旋回(まわ)っては、様々な音を、
銀(しろがね)の露の歌の雨のように美しい音を、目覚めさせる。

パンテア

それから、森の別の入口からは、
大音響の、旋風のような音の調和と共に突き進んで来る、
あまたの球が一つの球体となって、
水晶のように堅いが、その体(たい)の中
楽(がく)の音(ね)と光線が流れて来る——
幾千万の天球が互いに包み、包まれ、
紫や紺碧(こんぺき)の色、白、緑、金色になって
球体の中の球体となりながら、——そして、空間という空間には
想像もつかぬものたちが住んでいる、

明かりなき淵に住む霊どもが夢想するものたち、
しかも、どれも互いに透明、そして旋回(まわ)りながら、
互いに超え合い、幾千の動きをし、
眼に見えぬ幾千の車軸の上で旋回(まわ)り、
自分を破壊するような勢いの速さで、
激しく、また緩やかに、またおごそかに、旋回(まわ)って行く、
混じり合ったいろいろな響き、数知れぬ音の調べ、
分かりやすい言葉、奔放な楽の音などで沸き立たせながら。
人類があまた住むその球は大いなる旋回で
あのきららな流れを砕き、それを紺碧色の霧にしてしまう、
光のような、元素の霊妙な霧に、——
そして、森の花の野生の香りや、
生きている草と空気の楽の音、
もつれ合う葉のエメラルド色の光線は
激しく、自らを破壊しそうになる速度のまわりで、

空気の一つの魂にされてしまったように見え、
感覚を溺れさせる。球そのものの中には、
雪花石膏の腕を枕にして、
嬉しい仕事に疲れた子どものように、
翼をたたみ、髪の毛を風になびかせて、
「大地」の「精」が横たわり眠っている、——
ごらん、その唇の動き、
微笑の光が変わる中で、
夢路に恋しいことを語るもののよう。

イオネー

それは、ただ、球のハーモニーを真似ているだけなのだ……

パンテア

そして、額の星から発して来るのは、

紺碧色の火の剣のような、また、銀梅花を巻きつけた、
暴虐なるものを打ち砕く黄金色[27]の槍のような光線、
今や一つとなった「天地」を象徴し、
眼に見えぬ車輪の輻さながらの広大な光線、
その車輪は天体のように旋回る、思想よりも速く、
太陽のような電光を深い淵に漲らせてゆく、
垂直になったかと思うと横になり、
真っ暗な土を貫く、そして、貫き去りながら、
大地の深い芯の奥に秘められしものを露わしてゆく——
金剛石や黄金[28]、
値も計り知れぬ稀石、想像もつかぬ宝石などの無尽蔵の鉱床、
また、水晶の柱に支えられ、
　銀の植物が枝を広げる洞穴、——
幾尋と計り知れぬ火の泉、また、そこから噴き出る水は
子どものように養われて大海となり、

その蒸気は大地の王国の山の頂きに、
王者にふさわしい白雪の衣(きぬ)を着せる。その輝きは
きらめき、陰鬱な残骸を照らし現す、
記憶から遠く消えた歳月の残骸を——錨(いかり)、船首、
大理石に変わってしまった板、——箙(えびら)、兜(かぶと)、槍、
また、ゴルゴンの頭を現した楯[29]、鎌[30]をつけた
戦車の車輪や、はでやかな装飾の
記念碑、旗幟(きし)、紋章に描いた動物たち、
それらのまわりで「死」が笑っていた、
死滅した「壊滅」、破滅の中の破滅、その象徴の墓。
広大なあまたの都市のそばの廃墟の趾(あと)、
そこに住み、大地に増えていったものたち、
それは死ぬべきもの、だが人間ではなかった——見よ、みな横たわっている。
彼らが作った怪異なもの、奇怪な骸骨、
彫像、家、神殿、——巨大な形象、

灰色の破滅の中にぎっしり積みあげられ、ばらばらに砕かれ、
硬い、黒い地底に押し込められている、――これらの上層は、
まだ知られていない翼あるものの骸骨や、
生ける鱗を持つ島であった魚[31]や、
大蛇が、骨の鎖となって
鉄の岩に絡みついている、土砂の中にも、
その土砂は、それに吐きかけた岩の断末魔の苦悶の力が
嚙みくだいたもの、――そして、その上層は
鋸の歯をした鰐、それから、
大地を揺るがす河馬[32]の力、それは、かつては
王者たる動物、ぬるぬるした岸辺や
大地の雑草がはびこる大陸で
繁殖し、増殖したものだった、夏の虫が
棄てられた死体の上で震えるように、そしてやがて青い天が
大洪水[33]で大地を外套のように包むと、それらのものは

喚き、喘ぎ、死滅してしまった、——また、ある神が、
彗星に王座を持っている神が、通り過ぎながら叫んだ、
《失せよ》[34]、と——すると、彼らはわたしの言葉と同じように失せてしまった。

大地[35]

喜び[36]、勝利、嬉しさ、熱狂。
限りなく、溢れ、爆発する歓び。
閉じこめておけない蒸気のような大歓喜。
は、は、嬉しさの生動、
それが私を包む、光の大気のように、
そして、雲が己の風で運ばれるように、私を運ぶ。

月

静かにさまよう兄君よ、
土と空気の幸せな球、

何か精があなたの中から光線のように放たれ、
　わたしの凍った体（たい）を貫き、
　炎のように通って行く、
愛と香りと深いメロディーと共に
　わたしの中を、そう、わたしの中を。

大地
　は、は、くりぬかれた私の山々の洞穴が、
私の裂けた火の岩が、喜ばしい音を響かせる泉が、
大いなる声で、抑えきれず、高らかに笑う。
　大洋が、砂漠が、深い淵が、
　また、深い大気の測りしれない原野が、
追いかけてこだまし、すべての雲と大濤（おおなみ）から答える。
　彼らは大声を上げ、叫ぶ、私のように。——呪いの王者[37]は、

　われらの青い、紺碧の全世界を
脅し、暗黒の破滅で包み、
　密雲を送って雷箭(らいせん)[38]を雨と降らせ、
　私の子らの骨を裂き、もみひしぎ、
私の生むものをみな潰し、混ぜ合わせ、巨塊にする、——
　ついには、岩のような塔も、歴史を描いた円柱(えんちゅう)も、
　宮殿も、オベリスクも、荘厳な寺院も、
雲と雪と火の冠を戴く堂々たる山々も、
　海のような私の森林も、葉も花もみな、
　私の胸を揺籃(ゆりかご)にしているものも、
お前の強い憎しみに踏みにじられ、生命(いのち)なき泥沼にされた——
　だが、お前は沈められ、引きずり下ろされ、埋められ、飲まれてしまった、
　渇ける空無に。まさに塩気ある一杯の水が、

砂漠を行く一隊の人々に、みな一滴ずつ飲み干されるように。
　そして、下から、まわりから、内から、上から
　お前の破滅の空虚を満たしながら、愛が
光のようにどっとさし込んで来た、雷電に裂かれた洞穴に。

月

　わたしの生命（いのち）なき山々の雪は
　ゆるみ、生ける泉となり、
わたしの変わらぬ大洋は流れ、歌い、輝く、――
　一つの精がわたしの心から飛び出て、
予期せぬ誕生の衣を着せてくれる、
冷たく、わびしいわたしの胸に――おお、あなたのものに違いない、
　　わたしの胸に、わたしの胸に置かれているのは。

あなたを見つめていると、感じる、分かる、

　緑の茎が飛び出して来て、明るい花になるのを、
また、生けるものたちがわたしの胸の上を動くのが、——
　海と空気の中に楽（がく）の音（ね）がある、
　翼ある雲はここかしこと翔（かけ）めぐり、
新芽が夢に待つ雨をはらんで暗くなる——
　　　　愛だ、すべて愛だ。

大地

　その愛が私の岩全体にしみ通る、
　もつれた木の根と、踏みしだかれた土を貫き、
その最端の葉や微妙な花にまでしみ通る、——
　それは風に乗り、雲の間に拡がりゆき、——
　忘却された死者たちの中に生命（いのち）を目覚めさせる——
死者たちはみな深遠の住処（すみか）から生命（いのち）の息吹を吸う——

そして愛は、嵐のように雲の獄(ひとや)をつき破り、
　雷電と共に、旋風と共に、巻き上がってきた、
想像もつかぬ存在のもののいる洞穴から、
　地震の震動と速さが
永遠に澱(よど)む思想の混沌を震わせ、
ついに、「憎悪」、「恐怖」、「苦痛」、光明を征していた暗影は消え去った、

人、その有様は、——かつては多面鏡のように
　この真に美しい事物の世界をゆがめ、
多くの間違った姿にもしていた、だがいまや愛を映す海——
　そして愛は、人の類のすべてのものの上を、大洋に輝く天が
　滑らかに、穏やかに、平らかに滑り行きつつ、
星天の奥から光輝と生命(いのち)とを放射するように動いて行く——

人、その有様は、あたかも癩病(らいびょう)の子が、

病める獣の後を追って、岩の温かい裂目のところに行き、
そこから癒(いや)しの泉の力が注(そそ)がれ、——
後ほどに、ばら色の微笑をたたえて家に辿りつく、
何も分からずに、だが、母はしばしば恐れる、
「霊」ならずやと——やがて子の回復に涙する、こういう様になっている。

人類だ、おお、人々ではない[39]。思想の連鎖、
分かち得ない愛と力の連鎖が、
金剛石の力をもって諸元素を制圧する、
太陽は暴君の凝視もかくやとばかり、
迷路をさまよう遊星たちの、動揺する国を制し、
天の自由な原野にしっかりと、懸命に向かわせる——
人類だ、多くの魂が調和した一つの魂、
その本質は、それ自らの崇高な制御の力、

すべてがすべてに向かい流れゆく、川が海に向かうように、——
　ありふれた行為も愛を通して美しいものとなる、——
　「労役」「痛み」「苦しみ」は生命の森の緑の中で、
飼い馴らされた獣のように戯れる——その優しさは誰が知ろう。

　人類の意志の働きは、そのすべての卑しき想い、悪しき歓び、
　自己中心の悩み、おびえ、取り巻くその衛星、
導こうにも無益だが、服従は素早い精神などを持ちながら、
　大嵐を翼として疾走する船のようになる。だが、その船の舵は
　愛が取る、転覆させることなどできない濤を突き進み、
生命の荒廃した岸辺に、その至高の権威をしっかりと認めさせてゆく。
　万物は[40]、いまや人類の力を認める。冷たい塊の
　大理石と色彩[41]の中を、人類の夢が通ってゆく、——
子らの着物を織る母親のきらめく糸、——

言葉は、とどまることを知らぬオルペウスの歌[42]、
それはダイダロスの[43]ハーモニーで、
思想とその諸形式を支配する、さもなければ意味も形もなかったものを。
雷電[44]は人類の奴隷となる、——天の深い、深い果ては
そこに星を出現させ、星は羊の群れのように
人類の眼の前を通り、数えられて巡りゆく。
大嵐は人類の馬となり——人類はそれに跨(またが)り大気を行く、——
そして、深い淵は露わにされたその深いところから叫ぶ、
《天よ、あなたに神秘があるのか、人類が私のヴェールを剝(は)ぐ、——
私には何もない》と。

月[45]

蒼白の「死」の影は去った、
天のわたしの道から、ついに

がっしりまといついた霧と眠りの屍衣（しい）、――
　そして、新しく織り作られたわたしの住むところを
嬉しげな、愛し合うものたちが、そぞろに歩んでゆく、
もっと深いあなたの谷々にいるものたちより
　　力は弱くとも、同じように優しきものたちが。

大地

　霧を溶かす朝の暖かさ、
緑色、金色、水晶色の、半ば凍れる露の玉を包む、
それは、ついには、翼をつけた靄（もや）となり、
　青い昼の天蓋（てんがい）を登ってゆき、
　真昼を生き延び、太陽の残りの光に乗って、
海にかかり、火と紫水晶の羊雲となる――(46)

月

あなたは包まれ、横たわっている、
あなた自身の消えぬ喜びの光の中に、
天の最高の微笑の光の中に、――
すべての太陽と星座はあなたに降り注ぐ、
光を、生命を、力を。
その力は、あなたの体を整える、――あなたは注ぐ、その光と生命を
　わたしの体に、そう、わたしの体に。

大地

私は巡る、私の夜のピラミッド[47]の下、
それは、夢みる喜びの諸天を指してそびえる、
私の魅せられた眠りの中で勝利の歓びをつぶやきつつ、――
　愛の夢路にいざなわれた若者が吐息かすかに、
　愛しきひとの美の影のもとに身を横たえるように、
そのやすらいのまわりを明るく、暖かく、見張りして。

月

穏やかな、美しい月蝕のときのように、
魂と魂が愛するものの唇の上で逢うとき、
高ぶる心は静もり、輝く眼の光はやわらぐ、――
そのように、あなたの影がわたしに降りると、
わたしは黙し、静もる、あなたに
覆われて、――いと美わしき球よ、あなたの愛に
　満たされて、おお、満たされすぎて。

あなたは太陽のまわりを矢のように速く旋回る、
あまたの世界の中で、いとも輝かしい世界、
緑色で紺碧色の球、それは
天のすべての明かりの中で
いと輝かしい光を放って輝く、

生命（いのち）と光明を与えられて。
わたしは、あなたの愛するもの、輝く水晶、
あなたのそばにある力で運ばれてゆく、
楽園の磁極のような力で、
愛するものの磁石のような眼差しの力で、――
わたしは愛に心奪われた乙女、
か弱い頭に溢れるは
乙女の愛の悦び、
狂おしくあなたのそばを旋回（まわ）り、
飽かず見とれる花嫁のように、
あなたの姿をあらゆるところから見つめる、
さながらマイナスのように、
そう、アガウェの挙げる杯（さかずき）を巡るマイナスのように、
カドモス(48)の宿命の森の中で。
兄君（あにぎみ）よ、あなたがどこへ飛ぼうとも、

わたしは急ぎ、旋回(まわ)って、随(つ)いて行く、
広大なくぼみのような諸々の天の中を、
あなたの温かい魂に抱きしめられ、
虚空の無限の空間に守られ、
あなたの感覚と眼差しから
美と崇高と力とを飲みながら、
恋をする男やカメレオンは
見つめているそのもののようになる、
(49)また、菫(すみれ)の花の優しい眼が
紺碧の空の色を見つめているうちに、
花の色はその見つめる色になる、
また、灰色の水のような靄(もや)は
西の山を包んで差しかかると、
ずっしりと紫水晶のようになる、
　そのときに、落日は眠る、

その雪の上に——

そして、日は弱り、泣く、
　さもこそ、と。[50]

大地

おお、優しき「月」よ、あなたの歓びの声が
私に落ちて来る、あなたの冴えわたる優しい光が、
夏の夜、とこしえに静かな島々をぬって
　運ばれてゆく船人(ふなびと)を慰める光のような光が、——
おお、優しき「月」よ、[51]あなたの言葉の澄んだ響きが、
　私の揚々たる意気の世界の多くの洞穴を貫き、
　荒々しい虎にもまがう喜びを抑える、その激しい喜びが踏みしだいた
　傷には、あなたの癒(いや)しの香油の力が要る。

パンテア

わたしは、きららに輝く水浴（みあみ）から、
暗い岩の間の紺碧色の光から、立ち上がるように、
楽（がく）の音（ね）の流れから、立ち上がる。

イオネー

　　　　　　　ああ、美（うる）わしの姉ぎみよ、
楽の音の流れがわたしから退いて行ってしまったのに、
あなたはその濤（なみ）から立ち上がったように言っているのは、
あなたの言葉が澄んだ、優しい露のように落ちるからなのだ、
はらはらと、水浴をする木の精の手足や髪の毛から落ちるように。

パンテア

静かに。静かにして。暗闇のような大いなる力が、
大地の中から昇って来る、空から

夜のように降り注いで来る、大気の内から
噴き出してくる、蝕の光が集まって
大量の日の光の中に入ったように、——輝く「幻」たち、
それには歌う精たちが乗って照り輝いていた、
その幻が、水気を含む夜の中を、蒼白い隕石(いんせき)のように光っている。

イオネー

言葉のような感じのものが耳もとでする——

パンテア

言葉のように世界に響きわたる音……　おお、聞け。

デモゴルゴン

汝(なんじ)、「大地」よ、幸いなる魂の静かなる帝国、
妙(たえ)なる姿とハーモニーの球体、

美わしの球。旋回(まわ)りつつ、
汝の行く大空の道に敷きつめる愛を増し加えている(52)——

大地

聞こえる——私は消えゆく露の玉のよう。

デモゴルゴン

汝、「月」よ、汝は夜の「大地」を感嘆して見つめている、
「大地」が汝を見つめるように、
その間こそ、おのおのは、人にも、獣にも、敏速な鳥類にも、
美であり、愛であり、平穏であり、ハーモニーなのだ——

月

聞こえる——わたしは、あなたに振り落とされた木の葉。

デモゴルゴン

汝ら、諸々の太陽や星の「王」たちよ、「鬼神」たちや「神」たちよ、
　天上の統治者たちよ、
エリュシオンの、風なき、幸せな住処（すみか）を、
　かなたなる天の星をちりばめた原野に持つものたちよ――

天上からの一つの声

われら大いなる「国」は聞いている――われらは祝福された、そして祝福する。

デモゴルゴン

汝ら、幸せなる死者たちよ、いと輝かしき韻文は
　汝らを覆う雲だ、汝らを描く色ではない、
汝らの本質が、あの世界、
　かつて汝らが見、耐え忍んだあの世界だとしても――

地の下からの一つの声

あるいは、
われらは、残して来たものたちのように、変わり、消えるものだとしても。

デモゴルゴン

汝ら、元素なる「鬼神」たち、その住処(すみか)として
人間の高い精神から、鈍い鉛の石の芯にいたるまでを
持つものよ、――星の模様で飾られた天空の円蓋から、
海虫が食べ肥える物憂げな海草にいたるまでを持つものよ――

入り乱れて一つになった声

われらは聞いている――あなたの声は「忘却」を目覚めさせる。

デモゴルゴン

肉体を住処とする精たちよ、――汝ら、獣、鳥たちよ、――

虫よ、魚よ、——生きている葉よ、芽よ、——
電光よ、風よ、——馴らし難い動物の群れよ、
大気の孤独を養う隕石や霞（かすみ）よ——

一つの声

われらには、あなたの声は静かな森に吹きわたる風のようだ。

デモゴルゴン

人類よ、その上（かみ）は独裁者、奴隷、——
欺（だま）されやすく、また、欺すもの、——退廃、——
揺籃から墓場への旅人、
この永遠の世の幽暗の夜の中を行くもの——

みな

語れ——あなたの強い言葉は消え去りはしないだろう。

デモゴルゴン

この日こそ、虚しい、深い淵の下へと、
大地より生まれたりしもの[53]の力により、「天」の独裁を呑み込んでしまう日、
「征服者」が虜として曳かれ行くその日、――
愛が、賢き心のうちの堅忍の力の、おごそかな王座から、
また恐ろしき試練のめくるめく究極から、
　危うく、険しく、
瓦礫の如き、苦悩の狭き縁から湧き出でて、
その癒しの翼を世界に広げ、包む日なのだ。

「優和」「高徳」「叡智」「堅忍」、
これこそが、最も堅固な保証の印、
「破壊」の力のわなの穴をふさぐものなのだ、――
また、もし力弱き「永遠」が、

諸々の活動と時間の母なる永遠が、あの蛇[54]を放してしまい、
　それが、全身で巻きつくようなことがあっても、
これらの保証の力[55]によってこそ、
その「運命」は解きほぐされ、再び主権を手に治めるのだ。

終わることなしと「希望」が思う悲哀を忍ぶ、——

死や夜よりも暗い悪を赦(ゆる)す、——

　全能に見える「力」を恐れない、——

愛し、そして耐える、——「希望」が
自らの残骸から、静思するものを創り出すまで望む、——

　決して変わらず、たじろがず、悔やまない——

これこそが、あなたの栄光のように、タイタンよ、
善であり、偉大であり、喜ばしく、美しく、自由であるということだ、——

これのみが「生命(いのち)」であり、「喜び」であり、「支配」であり、「勝利」なのだ。

訳註

題辞

(1) **アンピアラオスよ、汝、これを聞くや、地の下に隠されおりて**　これは古代ローマの哲学者キケロが『トゥスクルム荘対談集』(*Tusculanae Disputationes*, II, xxv, 61)の中で、クレアンテスとディオニュシオスの逸話を引き合いに出したところにある一文、「それから、クレアンテスは大地にその足を据え、伝によれば、アイスキュロスの『エピゴノイ』からの一文を朗唱した、すなわち、アンピアラオスよ、汝、これを聞くや、地の下に隠されおりて、と」。クレアンテスが、共に禁欲の礼賛者であったディオニュシオスが苦しさに負けて禁欲をやめたことを快く思わず、亡き師ゼノンに、この裏切りの証人になってもらいたい、と呼びかけている中での一文。アンピアラオスは、テーバイの戦いで負けることを知っていて敵方に走り、生き延びようとしたが、捕えられそうになったそのとき、大地が大きな口を開け、戦車もろとも地の下に呑み込まれ、ゼウス(ジュピター)に不死神とされた(後には予言神、英雄神ともなる)。

『エピゴノイ』はアイスキュロスの失われた作品であるが、アイスキュロスの『鎖に縛られたプロメテウス』では、プロメテウスはゼウス(ジュピター)に妥協させられて、自由となる。しかし、シェリーは自分の『鎖を解かれたプロメテウス』では、その「序文」で表明しているように、アイスキュロスのそのような扱いを嘉しとせず、アイスキュロスとは反対に、ジュピターの専横暴虐にプロメテウスを妥協させることをあえてしなかった。シェリーにおいては、プロメテウス的理想の精神が「愛・美」と一体となること(プロメテウスとアシアとの合一)によって自由となる、プロメテウスの登場をもって幕を開ける。そして、プロメテウス的理想の精神による新しい世界の到来を謳いあげて、幕を閉じるという構図で、アイスキュロスのプロメテウスとは違う新しいプロメテウス像を創出した。

シェリーは、この題辞の中に含まれている様々なことが示唆するイメージを素材とし、アイスキュロスをゼノンに重ねもし、アイスキュロスに背くシェリー自身のプロメテウスを、裏切者のアンピアラオスやディオニュシオスに重ねもし、ゼノンならぬアイスキュロスに向かって、自らクレアンテスに倣い、この裏切り(シェリーの『鎖を解かれたプロメテウス』)の証人になってください、と呼びかける。しかも、この裏切りのイメージの延長線上にシェリー自身を置く。

シェリーは、その「序文」で、自分はギリシャ悲劇詩人たち、劇作家たちのやり方を踏襲はしない、また、挑戦などもしない、その力もない、だが、アイスキュロスのプロメテウスを肯定することはできない、と言い切っている。題辞はこのシェリーの並々ならぬ確信と挑戦とに呼応して、意味深いものへと変容する。しかも、そこにはアイスキュロスに対するシェリーの真摯(しんし)な尊敬を内に秘めた献辞とさえ感じさせるものが湛(たた)えられている。

序　文

（1）**『アガメムノン』の筋書き**　アガメムノンはミュケナイの王。トロイア戦役の時のギリシャ軍の総大将。アウリス島でアルテミス女神の神苑の鹿を殺したため、女神の怒りを買い、海路で難に会い、娘を犠牲に供した。また、十年間の出陣の留守中に従兄アイギストスと自分の妻クリュタイムネストラとが不義をし、アガメムノンは帰国の時、入浴中に二人から謀殺された。また娘エレクトラ、息子オレステスの復讐など、ギリシャ悲劇作家たちにとっての好題材であった。アガメムノンの劇で現在残っているのはアイスキュロスの三部作『アガメムノン』『コエポロイ（供養する女たち）』『エウメニデス（恵みの女神たち）』、ソポクレスの『エレクトラ』、エウリピデスの『エレクトラ』『オレステス』などである。

（2）**アイスキュロスの『鎖を解かれるプロメテウス』**　アイスキュロスは古代ギリシャ最

大の悲劇詩人。三大悲劇詩人中の最初の人。ギリシャ悲劇の父と言われる。アテナイの近くに生まれ、名門の出と言われている。アテナイの興隆とともに成人した人。執筆は前四九九年から前四五八年の間、四十年間にわたり、その間にマラトン(前四九〇年)、サラミス(前四八〇年)、トラキア(前四七六年)の戦いに従軍している。前四六八年、自分よりも若い競争相手の詩人ソポクレスに競演で敗れてからは、余生をシチリア島で過ごした。作品には、『アガメムノン』三部作のほかに、シェリーのこの作品のもととなった『プロメテウス』劇の断片(三部作のうち、『火を運ぶプロメテウス』と『鎖を解かれるプロメテウス』は失われ、『鎖に縛られたプロメテウス』だけが残っている)のほか、『ペルサイ(ペルシャの人々)』『テーバイを攻める七人の将軍』『ヒケティデス(救いを求める女たち)』がある。なお、アイスキュロスの『鎖に縛られたプロメテウス』については、本書の解説を参照されたい。

(3) **カラカッラの大浴場** 二一二年頃に建てられたものであり、その大理石の浴槽は千六百を数えた。シェリーがローマに滞在してこの作品の第二幕と第三幕を書いたのは、この廃墟も美しい花の咲き乱れる一八一九年の三月から四月にかけてであった。そして、第一幕は一八一八年九月、エステのバイロンの山荘で書き起こされ、第四幕は一八一九年の晩秋から初冬にかけてフィレンツェで書きあげられた。

（4）**詩は模倣の芸術だ**　アリストテレスの『詩学』の中の言葉。「叙事詩と悲劇の詩作、それに喜劇とディテュラムボスの詩作、アウロス笛とキタラ琴の音楽の大部分、これらすべては、まとめて再現（mimēsis）といえる」（松本仁介・岡道男訳『アリストテレース詩学・ホラティウス詩論』岩波文庫、一九九七年、二一頁、参照）。

（5）**スコットランドのある哲学者**　W・M・ロセッティによると、これはR・フォーサイスのことであり、引用は、その著書『道徳科学原理』（一八〇五年）にある、とのことである。

（6）**ペーリー**　ウィリアム・ペーリー（一七四三〜一八〇五）は、イギリスの倫理学者、神学者。功利的学説を唱えた。倫理学上は神学的功利説を主張し、道徳は神の命ずるところであって、義務の内容は一般の幸福の増進、すなわち、ある行為が神意に通じるかどうかは、一般の幸福を増進させるかどうかによって認定されるとした。

（7）**マルサス**　トマス・ロバート・マルサス（一七六六〜一八三四）は、『人口論』（一七九八年）で名高いイギリスの経済学者。

第一幕（梗概）

第一幕は、暴虐なるジュピターによって氷の岩の絶壁に鎖で縛りつけられたプロメテウスが自分の苦痛を述べる独白から始まる。しかし彼の心にはもはやジュピターに対する憎しみの心はなくなっている。母なる大地とプロメテウスとの対話。美と愛の精なるアシアといっしょであったときの状態、相離れた後の有様。かつて発した呪いの言葉も、今は忘れている。だが、その呪詛を消し去るために、母なる大地に励まされながら、ジュピターの幻影を呼び出し、その幻影にその呪いの言葉を言わせる。パンテア(信)とイオネー(望)のなぐさめ。彼女らはアシアとプロメテウスとの間の遣いである。ジュピターはまた、ヘルメスを遣わして、自分の運命についての秘密を明らかにさせようとした。復讐の女神フリアエたちを遣わして脅迫や誘惑を試みた。プロメテウスはこれを退ける。そこであらゆる苦痛が地獄から送られてプロメテウスを苦しめ、悩ませる。歴史の幕は切り落とされ、人間の歴史の中の最大の悲劇的事件が二つ示される。キリストの十字架の血とフランス革命の血の光景。そして善が悪の原因になることがあることを説き、プロメテウスを絶望させようとする。しかし、プロメテウスは絶望しなかった。人類に対する信頼と希望を失わなかったのである。人類の心の精たちと「信」と「望」の対話。アシアに対する回想と愛に満たされたプロメテウスの心の夜明け前。

(1) **インド・コーカサス** アイスキュロスの『鎖に縛られたプロメテウス』では、プロメテウスが鎖で縛られているのは、地の果てスキュティア（現イランあたり）で、人間のいない、淋しい荒れ果てた地ということになっている。しかし、シェリーはこれをインド・コーカサスとした。コーカサスの山は黒海とカスピ海にまたがる高山であるが、シェリーのインド・コーカサスというのは、彼の想像でつくった場所である。だが、初期の重要な作品『アラスター』においてコーカサスの氷の山の頂きのことを歌い（三五一〜三五四行）、その氷の洞穴からインダス河に注ぐ流れ、インド国境の山などのことを歌っている（一四二〜一四三行）のを見ると、シェリーのインド・コーカサスの持つ象徴的な意味と気分とは、無意図なものとは思われない。

（2）**プロメテウス**　プロメテウスは、ギリシャ語では「予言をする」という意味を含む。プロメテウスには多くの伝説がある。オリュンポスの神々が信奉されていた地域では、その地域地域でいろいろな伝説が伝えられていった。ヘシオドスの伝えるところによると、プロメテウスはアトラスやエピメテウスと共に、タイタン（巨人）族のイアペトスと大洋神オケアノスの娘クリュメネから生まれたと伝えられている。また、ほかにも、ウラノスとクリュメネの子として伝えられている。また、別の伝説では、プロメテウスは、土と水を混ぜ、それに大気を吹き入れて人を作り（ノアの大洪水の後とも伝えられている）、それからこの人間のために天に昇り、太陽神ポイボス（アポロン）の車輪に近づき、それに葦の茎をあてて火を盗み、人間に与えた、と伝えられている。これはプロメテウスを火神とし、火おこし錐(きり)の発明者とする伝説と軌を一にしている。

(3) **パンテアとイオネー**　大洋神オケアノスの娘たち。それぞれ「信」と「望」の女神。

(4) **「鬼神」ら**　英語ではデイモンだが、ギリシャ語のダイモン。ギリシャ神話では、神と人の中間にある存在。第四幕でも鬼神たち(ジーニアイ)として出てくるが、同じもの。両者ともに「守護神(ダイモニオン)」とは語源を異にする点に注意。ここでは、悪、悪魔、悪霊などの概念では用いられていない。

(5) **「精」**　スピリット。登場人物。この作品では色々な意味に用いられる。単に山の精などの意味ばかりでなく、色々な力や精神、心、感情などを表すが、ここでは超自然的な存在で、しかも普遍的精神を表すプロメテウスのような存在を指していると考えられている。

(6) **希望もない**　シェリーは人間の完全性を信じる。プロメテウスの絶望を意味しているのではない。

(7) **天の犬**　鷲(わし)のこと。アイスキュロスの作品の中では「ゼウスの翼ある犬、獲物に飢える鷲」で、日中はプロメテウスの肝臓を食べに来るが、食べられた肝臓は夜に再生する。

(8) **叫喚を浴びせ**　原語'hail'をL・カザミヤンはF・S・エリスのように「霰(あられ)」(grêle)(L. Cazamian: *Prométhée Délivré*)の意に翻訳しているが、訳者は文脈から「叫喚」と読む。

(9) **その一つに**　「時間」たちの一つに。やがて時が来れば。

(10) **哀れと思っているのだ……**　以下、五九行の「……棄ててしまいたいのだ」までの箇所では、すでに憎しみから哀れみへの転回がなされている。シェリーのプロメテウスの解放の心的第一歩である。

(11) **地獄**　中世劇で用いられた道具立ての一つとしての「地獄」。鰐(わに)のような形のもの。舞台の上でこの中に罪人を呑み込む。

(12) **あの呪いの言葉**　プロメテウスがジュピターに対して発した呪いの言葉。後段、ジュピターの幻をして語らしめる。

(13) **「山」々よ**　かつて自分の呪いの言葉を聞いたはずの山、泉、大気、旋風、などに語らせ、そして聞きたいというのである。

(14) **翼を止め、……漂わせ**　原文は poiséd。poiséd=soared, 'hover'. (*NED*)

(15) **三十万の三倍**　シェリーの時代には、まだ、天地の創造は紀元前約四〇〇〇年と一般には考えられていた。だが、シェリーは科学者たちの考えに立つ。

(16) **……装いをさせた**　第一幕六四〜六五行の太陽のため。

(17) **裂かれた傷、暗黒、血**　新約聖書『ルカ伝』第二三章四五〜四六節、「……日、光をうしなひ、地のうへ偏く暗くなりて、……聖所の幕、眞中より裂けたり。イエス大聲にて呼はりて……息絶へたまふ」参照。

(18) **大地**　タイタン（巨人）族や、地に発生するものすべての母である。女神ガイア（ギリシャ神話）と同じ。地のすべての部分が、体の部分のように表現される（後段、一五二〜一五六行）。

(19) **母よ**　母なる大地の声とは分からず、さまざまな声の一つだと思い、母よ（母なる「大地」よ）とプロメテウスは叫び求める。子ら（第一幕一一三行）はタイタン族ではなく、山や川である。

(20) **そのもの**　プロメテウスのこと。

(21) **ジョゥヴ**　ローマ神話のジュピター、ギリシャ神話のゼウスに同じ。

(22) **ジョゥヴの……立ち向かった私を**　アイスキュロスでは、ジョゥヴ（ジュピターないしゼウス）は惨めな人間どものことなどは意に介せず、それを滅ぼして新しいものを別に造ろうとした。それゆえに、抵抗したのは、我、プロメテウスだ、とシェリーは言わせている。

(23) **アシアと共に**　アシアは大洋神オケアノスの娘、今はプロメテウスから引き離されている。憎しみがプロメテウスの中にある間は、永遠の美・愛たるアシアはプロメテウスと一つにはなれない。

(24) **「精」**　「大地」のこと。

(25) **恐ろしい囁き**　大地の言葉は死者にだけ分かる。そういう言葉でプロメテウスのあの恐ろしい呪いを囁いたのである。プロメテウスもジュピターも共に死を知らないから、彼らには理解されない。第一幕一四九〜一五一行、参照。組織の違う言葉を持つ「大地」には生けるものと死者の言葉が分かる。神々には死者の言葉は通じない。

(26) **そして愛だ**　原文の 'and love' をどう読むかで色々な解釈に導かれる箇所。「そして私は愛する」(H・B・フォーマン)。「そしてあなたは私を愛する」(A・C・スウィンバーン)。「愛も私のほうに動いて来る(のを知る)」(W・M・ロセッティ)、等の、異なった読み方がある。訳者は「愛」を「(私は)知る、分かる」の目的語と理解し、「分かるのはただ……と(あなたの)愛だけです」と読んで差し支えないと考えた。

(27) **もっと苦しい車**　イクシオンの車。ヘラを侮辱したために、天上で永遠に回転している火の車輪に手足を縛られて苦しめられていると伝えられる、イクシオンを想わせるような苛責の車輪。

(28) **立ち上がった**　プロメテウスがジュピターに抗して立ち上がったこと。誕生した、の意ではない。

(29) **青いあざみの花**　あざみは荒廃の地に咲くものということになっている。この場合のシェリーの青い色は、決して澄んだ朗らかな色ではなく、不気味な感じを想わせる色。

(30) **食べ物のないひき蛙**　旧約聖書『出エジプト記』第八章一～四節、「ヱホバ、モーセに言給ひけるは汝パロに詣りて彼に言へヱホバかく言給ふ吾民を去らしめて我に事ふることを得せしめよ　汝もし去らしむることを拒まば我蛙をもて汝の四方の境を悩まさん　河に蛙むらがり上りきたりて汝の家にいり汝の寝室にいり汝の牀にのぼり汝の臣下の家にいり汝の民の所にいたり汝の竈におよび汝の搓鉢にいらん　蛙汝の身にのぼり汝の民と汝の臣下の上にのぼるべし」参照。

(31) **薄くなった空気**　シェリーがイートン校で受けたA・ウォーカーの哲学の授業(Familiar Philosophy)で、ウォーカーは大気は薄いものとし、それは大地が吐くものと教えている。

(32) **ゾロアスター**　前六世紀頃のゾロアスター教の教祖。別名ツァラトゥストラ。後、中国に入って妖教、拝火教となった。この宗教では世界は善と悪の二元の力によって出来ている。人は善神を助けて死後は天国に入るべしと言うのであるが、その霊魂説も二元的なもので魂魄が相別れて住むという。この考え方は東洋的なものであるが、シェリーがこれを、もし、かつて生きていたものの魂は今もなお、過去のうちに生きているという解釈によったとするならば(多分にC・G・ユングの「集合的意識」に近い)、プロメテウスの呪いが記憶によって呼び返し得ると考えたのではあるまいか。いずれにしてもシェリーがどこでゾロアスターのこうした考えに接し、何の目的でここに言及したかは判然と解明されていない。ただ、ロマン主義時代には自己の心の奥深くを探究していくことに関心が深くなっていたことでもあり、シェリー自身も不思議な自分の幻を、その思想や感情の投影として見ている。

(33) **デモゴルゴン**　第二幕第三場では「永遠なるもの、不滅なるもの」、第三幕第一場では「永遠」と名乗り、第四幕の終わりのところでは「自由の永遠の法則」として現れる。古来、万物や神の始祖、運命を司るもの、ヒマラヤに住み、運命の女神などを召集することのあるもの、等々と考えられている。シェリーの場合もこうした考えにもとづいて、デモゴルゴンは創造や法則の中に隠れて存在し、あらゆる生命(いのち)と進歩の根源の力であり、それ自らが必然で自由なものと考えられている。L・J・ツィルマン(L. J. Zillman, *Shelley's Prometheus Unbound, A Variorum Edition*, 1959, pp. 313-316)やK・N・キャメロン(K. N. Cameron, *Shelley, the Golden Years*, 1976, p. 481)によると、デモゴルゴンは中世神話から来ているもので、冥界の支配者、「運命」を司るものとされているという。このデモゴルゴンは、後にはタルタロス(深い冥府)に住む恐るべき力のもののように考えられるようになった(D・ルカン『ファルサリア(*Pharsalia*)』五・七四四行以下)。ボッカッチョもデモゴルゴンに触れている。T・L・ピーコックは、ボッカッチョをデモゴルゴンについての権威者のように言っており、デモゴルゴンを「ジーニアイ」と理解しているが、正しくない。その他、E・スペンサーやJ・ミルトンにもデモゴルゴンへの言及がある。メアリー・シェリーもデモゴルゴンに言及していて、「世界の根源の力、デモゴルゴン」としている。このデミウルゴスは、第一幕の註(4)に記したようにダイモン(ジーニアイ〔鬼神〕)やダイモニオン(守護神)と語源を異にすることに注意しなければならない。十八世紀の革命と解釈したり、シェリーのみならず、W・ワーズワスにもS・T・コウルリッジにもW・ハズリットにも多大の革命思想的影響を与えた『政治的正義』の著者、W・ゴドウィンの政治的正義など、せまい比喩的な意味に解釈する人たちもいるが、もっと大きな精神である。ただし、ここではデモゴルゴンの幻影を指している。

(34) **これらのもののどれかに言わせよう**　黄泉(よみ)にあるものがジュピターに対するプロメテウスの呪いを言っても、ジュピターの罰は彼らに達しない。それで「大地」はそれらのもののどれかに言わせようと考えたのである。

(35) **ハデス**　ギリシャ神話で冥府を支配する王で、プルートンとも称される。

(36) **テュポン**　アイスキュロスの『鎖に縛られたプロメテウス』では、ジュピターの雷電に撃たれ、エトナ火山の底に沈められる。そしてその吐く息が溶岩となった。

(37) **見なさい**　パンテア(信)は恐ろしい現実を見つめても動揺しない。パンテアは知的で行動的、アシアとプロメテウスの間にも積極的に動く。

(38) **わたしを護って下さい**　イオネー(望)は恐ろしい現実に眼を覆い、耳を覆う。イオネーは優しく感受性に富む。

(39) **悪鬼よ……**　ジュピターの幻影に語らせるプロメテウスの呪い。

(40) **フリアエ**　復讐の女神。

(41) **暗闇の中で……**　手稿(一八二〇年)では「暗闇の中で」ではなく「その暗闇を」と読める。そうであれば、ここの二七六〜二七七行は「汝の霊をしてその暗闇を動かし、わが愛するものたちに……」となる。

(42) **ああ、悲惨なことになる**　「母なる大地」はプロメテウスの心の解脱を敗北だと誤認したのである。

(43) **ヘルメス**　マイアとジュピター(ゼウス)の子。アイスキュロスでは神々の使者となっているが、シェリーの場合、ここ、および第一幕三四三行と三五六行でも善を知りながら、意に反して悪に仕えるものとしてある。

(44) **ゲリュオン**　三頭三身の怪物。

(45) **ゴルゴン**　蛇を頭髪とし、見るものはその恐ろしさに石になったという。
(46) **キマイラ**　ライオンの頭、山羊(やぎ)の胴、蛇の尾をもち、火を吐く怪物。
(47) **スフィンクス**　頭は女、胴はライオンで、翼があり、謎で人を悩まし殺す(ソポクレス『オイディプス王』)。
(48) **テーバイに……**　父と知らずに父ライオスを殺したオイディプスが、スフィンクスの謎を解いたので、その功によって、母とは知らず母イオカステと結婚させられる。これはスフィンクスの失敗ではなく、実はスフィンクスの計略であった。不自然な愛とはこのことを言う。その結果、さらに不自然な憎しみが生じた。オイディプスの悲劇である。
(49) **苦しみに耐えている畏るべきもの**　ここから、ヘルメスの台詞(せりふ)はプロメテウスに向かう。次行三五三行の「汝」に続くものとして解釈する。
(50) **秘密がある**　ジュピターがテティスと結婚すれば、その子は父ジュピターよりも強大なものとなり、父を滅(ほろ)ぼす、という予言のこと。
(51) **シチリア人の頭上に……**　シラクサのディオニシアス一世の廷臣ダモクレスは、常に王者の幸福を羨(うらや)んで王に媚(こ)びへつらっていたが、あるとき、王は盛大な宴会を開いて彼をそれに招待し、その頭上に抜き身の刃(やいば)を一本の髪の毛に吊るし、人間の世の幸福、王者の幸福などの意味、その危うさを諷刺したと伝えられる故事。ここでは人類をダモクレスに見立てている。すなわち、プロメテウスがジュピターに屈してしまいはせぬかといった危うき刃の下にある。

(52) **天の子**　ヘルメスのこと。ここでヘルメスは舞いながら去って行く。

(53) **かれら**　フリアエたちのこと。アイスキュロスでは、この登場人物はない。シェリーはこのあと、アイスキュロスを離れている。

(54) **責苦の杯に**　旧約聖書『イザヤ書』第五一章一七節、「エルサレムよ、さめよさめよ起きよ、汝前にヱホバの手よりその忿恚のさかづきをうけて飲み　よろめかす大杯をのみ且すひほしたり」、旧約聖書『詩篇』第七五篇八節、「ヱホバの手にさかづきありて酒あわだてり　その中にものまじりてみつ　神これをそゝぎいだせり　誠にその滓は地のすべてのあしき者しぼりて飲むべし」、新約聖書『マタイ伝』第二六章三九節、「わが父よ、もし得べくば此の酒杯を我より過ぎ去らせ給へ。されど我が意の儘にとにはあらず、御意のままに爲し給へ」等を参照。

(55) **内に燃える魂**　魂の中の魂。

(56) **地獄の広い門**　新約聖書『マタイ伝』第七章一三節、「狹き門より入れ、滅にいたる門は大きく、その路は廣く、之より入る者おほし」参照。

(57) **お前たち**　フリアエたちのコーラス(第一幕四九五～五二〇行)内の呼びかけ「来れ、

来れ」に応じたもの。

(58) **王の秘密会議**　必ずしもウィーン会議(一八一四〜一八一五年)と特定する必要もない。そのような会議の裏舞台の秘密会議としてもよい。

(59) **幕を切り落とせ**　ここでフリアエたちは時間という幕を切り落として人類の社会とその未来を見せ、善より何故に悪が生ずるかを見せてプロメテウスを精神的に苦しめ、失望に陥れようとするのである。P・H・バターはシェリーの手稿の中で、ここに記されているト書きに、すなわち、ヴェールが切り落とされると燃える都市の背景と、フリアエたちがいくつかの群れに分かれて群舞することを指示する、としているト書きに注目する。ここで切り落とされる「幕」、台詞(せりふ)のヴェールは、生・死の認識を分けるヴェールだけではなく、アイスキュロスのプロメテウス一個人の経験した時代と、これから展開すべきシェリーの人類的な、プロメテウス時代の世界を繋(つな)ぐことになる。プロメテウスはジュピターからの責苦を経験するのみでなく、イエスの血、フランス革命の血をも見るのである(後出、第一幕五四六〜五七二行)。

(60) **コーラス**　第一幕七八〇〜七八八行、七九〇〜八〇〇行同様、精たちやフリアエたちに限定されず、舞台全体から広く沸き起こるような性質のコーラスであろう。

(61) **優しく善なるもの**　イエス・キリストのこと。以下は宗教戦争のために都市も戦火に焼かれる悲惨な光景。

(62) **その御言葉は……**　パリサイ的な考えの母体となった律法を重んじたり、偶像崇拝的な信仰を生んだり、宗教的紛争の因となったりした逆説的な面を言っているので、キリスト教への非難ではない。「そは儀文は殺し、靈は活せばなり」(『コリント後書』第三章六節)という言い方に似た批判的な態度である。

(63) **汝に**　プロメテウスに。次行五六二行以下で、イエスの受難と、プロメテウスの受苦とが重なる。

(64) **幻滅の国民**　革命の悲惨から醒めたフランス国民。

(65) **自由は……**　自由・平等・博愛はフランス革命のモットーであった。

(66) **別のものの子ら**　団結した同朋の無数の群れ、自由・平等・博愛(フランス革命)の子らではなく、団結もなくばらばらになった「憎しみ」にすぎないものの群れとなった。

(67) **人類に対する……**　たとえば、J・W・ゲーテの『ファウスト』のメフィストフェレスにひきつがれたような否定的な精神。第一幕五四八行で言っているように、キリストの教えのために、迷信を教えるものになったり、宗教戦争を引き起こしたりするようになったり、自由を阻むようなことが生じたりしたことに対しての否定的な態度。これはシェリー独自の真理志向の究極的な否定論法で、『マッブ女王』の自註をはじめ、随所に見られる。ちなみに、『マップ女王』の自註では、その冒頭で堂々と、自分は「否定」の論法をとる、と揚言している。

(68) **茨に傷ついた額** 新約聖書『マタイ伝』第二七章二九節、「茨の冠冕(かんむり)を編みて、その首(かうべ)に冠(かむ)らせ」参照。

(69) **呪いとなってしまった** 『マップ女王』(一八一三年)の自註にも見られるように(七・一三五〜一三六行)、シェリーは、イエスの説いた平和・正義・真理が狂信的な宗教戦争をもたらしてしまった、として、イエスに疑念を抱いた。また『ヘラス』においてはイエス以後の教会に対する非難を強くした。だが、後に、『キリスト教論』(一八一五年)では、この考えを反省し、「イエスは、迷信や憎悪を挫き、ゆるしと愛を説いた」ことを高く評価するに至った。この六〇四行以下は、キリスト教と教会の歴史に起こった種々の事件に対する言及である。ここは『マップ女王』六・一六一〜一七六行、同詩の註記、七・一三五〜一三六行、『キリスト教論』に次いでのシェリーのキリスト教観をうかがい知る資料の一つでもある。『ヘラス』にもここと同様の考えがある。

(70) **あなたに隷従するものら** 「キリスト」を食い物にしている似非(えせ)信者ども。

(71) **目かくしされた白豹** ペルシャでは狩に使うために豹を馴らした。狩を始める前に目かくしをしておく。

(72) **もっとひどい……もの**　戦争、拷問、殺戮などよりも、もっと恐ろしい精神的なもの。

(73) **涙なき眼**　プロメテウスのように不死の神々は人間のように涙を流さない。

(74) **悲しいものを二つ――語るも、見るも**　A・M・D・ヒューズは「見たこと、と語ること」と解釈しているが、土居光知氏は、キリストの磔刑とフランス革命と解釈している。土居氏の解釈が、後に続くプロメテウスの語る言葉に照らして妥当な解釈と思う(土居光知註『*Prometheus Unbound*』研究社、英文学叢書、一九三一年、一三三頁、参照)。

(75) **人間の本性の神聖な標語**　真理、自由、愛というような。

(76) **おぼろなる国**　やがて来るべき世界。新約聖書『コリント前書』第一三章一二節、「今われらは鏡をもて見るごとく見るところ朧なり。然れど、かの時には顔を對せて相見ん」参照。また、T・S・エリオットの『虚ろな人々』その他などにも同様の思想が流れている。魔法の鏡とする意味にはとり得ない。

(77) **松の樹をわたる楽の音かしら**　フリアエたちが去った今、こんどはプロメテウスをなぐさめる光明の精たち、人類の思想の中に住む輝かしい精たちが来る(アイスキュロスでは大洋神の娘がやって来て慰めるところである)。松は原文では pine であり、したがって「松籟の音」と表現したいところである。この pine は樅とすべきであるとする説もある。ただし、日本の松とは異なったものである。

(78) **第一の精**　不屈の精神。

(79) **予言**　第一幕の註(50)、参照。

(80) **第二の精**　自己犠牲の精神。

(81) **第三の精**　叡智。

(82) **第四の精**　詩的想像力。

(83) **美わしくも悲しい声**　第五の精と第六の精の声(シェリーは「ひばりに」九〇行でも同様の表現をしている)。

(84) **第五の精**　人類の思想。

(85) **広い世界**　広大な思想の世界。

(86) **星を冠にした「姿」のもの**　愛(恋)の神。

(87) **かぐわしい髪の……道を敷いた**　この七六六〜七六七行には電気のイメージが見られる。A・ウォーカーの理論によると、光、熱、電気は流体で、太陽から発する単一のエネルギーの三態様であり、物質に浸透し、通過する、すべての動物、植物の源である。シェリーにとって人の心を生かし動かす源なる力は「愛」なのだ、と飛躍する。

(88) **「破滅」**　シェリーの『アラスター』六一八行での取扱いと同じように、神話上のキャラクターとしての「破滅」。

（89）**第六の精**　わびしさ、などを感じる心。

（90）**わびしさ**　プラトンの『饗宴』に「禍の女神は微妙なもの、その足は柔らかで、土の上は踏まず、人の心の上を歩んで行く」とあるのに拠った考え（久保勉訳、岩波文庫、一九六五年、八九〜九〇頁、参照）。シェリーはプラトンの『饗宴』をバンニ・ディ・ルッカの寓居の裏庭の樹立に囲まれたバウワー(bower)で、下を流れる川のせせらぎを聞きながら翻訳した。

（91）**怪しきもの**　わびしさ（第一幕七七二行）を指す。

（92）**死の、翼ある白馬**　新約聖書『ヨハネの黙示録』第六章八節、「われ見しに、視よ、青ざめたる馬あり、之に乗る者の名を死といひ、陰府これに随ふ」参照。

（93）**「破滅」の……受けずとも**　「破滅」は不死身だといっても。

（94）**大気**　人類の思想の大気（第一幕六七六行）を指す。

（95）**予言**　第一幕三七一行、七〇六行、七〇七行等の予言。

（96）**その感じだけが残っている**　パンテア（信）は未来の予言を聞いてもただ感じるだけ。

（97）**愛なければ**　新約聖書『コリント前書』第一三章一〜一三節、「たとひ我もろもろの國人の言および御使の言を語るとも、愛なくば鳴る鐘や響く鐃鈸の如し……げに信仰と希望と愛と此の三つの者は限りなく存らん、而して其のうち最も大なるは愛なり」参照。

（98）　インドの谷で……　第二幕第一場の「梗概」参照。

第二幕（梗概）

（第一場）プロメテウスの心の中で、憎悪はすでに解けている。それまでインド・コーカサスの谷間にわびしく遠ざけられていたアシア（愛と美の象徴の精）にも、春が訪れる。春のあけぼの。プロメテウスとアシアの間の遣いをするパンテア（信）が来て、二つの夢を語る。第一はプロメテウスの解放の夢。「信」の生命（いのち）もプロメテウスの生命（いのち）と溶け合い、「望」ももはや望むべきことを知らぬ境地。第二は理想実現の過程の夢。

（第二場）アシアとパンテアは精たちに導かれて人生の森の中を行く。感覚の世界を、情緒の世界を、理想の世界を。「愛」と「信」が結合してつくっていく世界には、かぐわしく花が咲き、夜鶯（ナイチンゲール）の歌が聞こえる。

（第三場）アシアとパンテアの「森の遍歴」は朝になって思想の高い頂きに到る。そこから万物の存在の根源たるデモゴルゴンの洞穴に導かれて下って行く。

（第四場）夜明け前。アシアがデモゴルゴンに、生命（いのち）の根源や悪の原因を聞く。そして「支配」が「悪の原因」であることを学ぶ。力をまた別の力で奪い、新しい力となるべきではない。愛が支配欲を否定し、解放されるところに真の自由と進歩がある。プロメテウスは第二のジュピターとなるべきではない。暴力的支配の没落の「時間」、プロメテウス解放の「時間」の車はアシアとパンテアを乗せてコーカサスの山の頂きへと急ぐ。

（第五場）　美と愛なるアシアを讃える歌。アシアもまた魂の帰り行くべき永遠の生命の世界を歌う。

第一場

（1）　**アシア**　ヘロドトスによると、アシアは、大洋神オケアノスの娘で、プロメテウスの妻。しかし、シェリーのこの作品の中では、新しいアシア像になっている。ほとんど、『アラスター』の詩人が幻の中で見る理想の美女、「魂の中の魂」あるいは「叡智美讃歌」の中の美の本質に近い。

（2）　**春よ……**　春は、再生の象徴でもあり、神秘的な力の象徴的な意味も含まれる。第一幕六六四〜六六六行では、パンテアによって春がこのようなイメージで語られ、同様に第一幕七九〇〜八〇〇行では「精」たちのコーラスでこのようなイメージが歌われる。

（3）　**美わしの妹**　パンテアのこと。

（4）　**翼なき一刻一刻**　第一幕四八行の翼なく、這い進む「時間」。

（5）　**アイオロスの琴**　アイオロス（ギリシャ神話の風の神）が送る風にあたると微妙な音を

だすという、八絃琴。

(6) **あの魂の影**　第二幕第一場七〇行、参照。パンテアはプロメテウスにとってはアシアの影。アシアはプロメテウスの影を身に帯びる。

(7) **あの頃**　プロメテウスがジュピターによって鎖に繋(つな)がれてしまって以来。

(8) **胸の溝深く**　イオニアの婦人は(トロイアの婦人も同じであったが)、腰の帯を締め、上着の胸のところに深い溝を作っていた。そのことと、豊かな胸が作る深い溝を連想させるが、そのいずれかでなければならないとする必要はない。だが、イオニアやトロイアの婦人たちは、T・S・エリオットの言う、'objective correlative'(客観的相関物)に当たる。

(9) **風になって……圧倒されてしまってからは**　わたし(パンテア)があなた(アシア)とプロメテウスの間の遣いをするものとなってからは。

(10) **あの海の妹**　イオネーのこと。

(11) **山の**　インド・コーカサスの山々の。

(12) **鋭い氷**　第一幕三一〜三二行、参照。

(13) **その声**　第二幕第一場六八〜七〇行のところの言葉。

(14) **あのひとの妹**　アシアの妹のパンテア。

(15) **感動に半ば開いた唇**　シェリーはT・L・ピーコック宛の手紙(一八一八年一一月九日付)のギリシャのコッレッジオのキリスト像の描写で、また、一八一九年三月二三日、やはりピーコック宛の手紙のティトス凱旋門の女神像の描写の中で、ここと同様の表現をしている。この手紙とほぼ同じ頃にシェリーは第二幕を書いていた。

(16) **今宵、何がわたしを……**　パンテアの夢がイオネーに伝わってその心に触れる。パンテア(信)の夢とは、アシアとプロメテウスの結合、すなわち美と愛の結合による理想実現のこと。イオネー(望)は何でも予感できるのだが、これだけは感じとることができない。

(17) **東の空の星の光が薄らいで**　パンテアがプロメテウス解放の夢や理想実現の夢を見ている一方で、夜はフリアエとの恐ろしい戦いがあった。第一幕の日の夜のことではない。

(18) **球の中の球**　眼の美しさを表現。これと同じ表現はシェリーの『イスラムの叛乱』(第一一歌五節)にも見られる。

(19) **変化が見える**　理想完成の夢が一変して、パンテアの忘れていたもう一つの夢が現れ始める。理想が完成されて行く過程の夢(第二幕第一場六一～六二行、参照)。

(20) **乱れた髪の毛**　理想を追求するものの姿。

(21) **灰色の……奪わなかった**　なお希望を失わず、理想を追い求める。

(22) **アーモンド**　春を告げる花。イングランドでは三月初めに咲く。以下は、フランス革命のような社会改革などに挫折しても、希望や理想の精神を失わないことをいう。

(23) **アポロンの悲しみを印しているように**　ヒュアキントス(ヒヤシンス)はアポロンとゼピュロス(風の神)に愛された美少年。ヒュアキントスがアポロンと遊んでいたとき、嫉妬のあまりゼピュロスはアポロンの投じた円盤をこの少年の頭に吹きつけて殺した。その血のあとからヒヤシンスの花が咲いた。その花の花弁にはアポロンが悲しんで発したヒュアキントスの名の頭文字が印されたということになっている。

(24) **われらの声が遠のいて**　思想や理智の世界から感覚や情緒の世界へ。虚(うつ)ろな「洞穴」は第一幕における洞穴のように人間の思想、理智の住むところ、すなわち頭脳を指すとともに、洞穴では古くより予言がなされたので、神秘的なものとも考えられている。

(25) **未だ語られざる声**　ジュピターの暴力的支配が没落するという運命に関する声。

(26) **森林**　情緒や官能の世界を象徴する。同じく森のイメージとして、ダンテの場合には『神曲』地獄篇、第一曲一〜三行において、主人公ダンテが人生(ひとのいのち)の旅路なかばで路(みち)を失い迷い入った「林」(山川丙三郎訳、警醒社、一九一四年、参照)。

第二場

(27) **ファウヌス**　ローマ神話の山林原野の半獣神。ギリシャ神話では「パン」。シェリーはこれを女性に仕立てた。ファウヌスも、夜鶯（ナイチンゲール）も（第二幕第二場二四行）、精たちも（コーラスで）、シレノスも（第二幕第二場九〇行）、みなプロメテウスの解放を待ち望んでいるのである。

（28）**愛らしい姉妹**　アシアとパンテアのこと。

（29）**杉**　レバノン杉（F・S・エリスのコンコーダンスによる）。

（30）**船**　魂を運ぶ船。シェリーの『アラスター』四九五〜五一四行、参照。

（31）**運命の人々を目覚めさす**　デモゴルゴンの大いなる法則に感応するようにさせる。

（32）**羽を挙げよ**　行動せよ。

（33）**言い難いことだ……**　この六九行から九七行までのところで第二のファウヌスに言わせていることは、シェリーがイートン校在学時に影響を受けたA・ウォーカーがその『哲学』（二三一〜二三二行）の中で述べていることが参照される。ウォーカーは、池の中の植物が暑い日には多量の酸素（燃える気）を出し、太陽が植物から吸い上げる気泡が水から出ると爆発し、気泡の中の水素が上空に上がっていき、電気を帯びる、というようなことを言っている。

（34）**精たちのことに……**　ここから九七行の「……黙させてしまう歌を」までの部分は、インタールード。第四幕を書いたときに書かれ、ここに挿入されたもの。この第二幕第二場のト書きの「年若いファウヌスが二人……」もこの挿入に合わせて書き写したもの。

(35) **燃える頭を……**　空中の電気が土に帰っていく様。

(36) **シレノス**　ギリシャ神話の森の精で、酒神ディオニュソス(バッカス)の従者。過去、未来を知り、予言をする。素朴な老人の姿をしているが、叡智の持主で、歌をよくうたう。

第三場

(37) **山の中の岩の頂き**　頂きは高い思想。思想という高い山の頂きを象徴する。

(38) **デモゴルゴン**　第一幕の註(33)、参照。

(39) **ここは……**　以下、一〇行の「……害毒となる声を」まで、シェリーはボッカッチョの解釈を利用している。ボッカッチョは、デモゴルゴンの住むところをエトナ火山、あるいはタエナルス、神託の場としている。シェリーはこの二つのイメージを用いている。T・L・ピーコック宛の手紙(一八一八年一二月二二日付)で噴煙を上げ噴石を降らせているエトナ火山の有様を描いている。シェリーはこの作品を書いているとき、ここを訪れている。

(40) **隕石**　隕石は外界からではなく大地が吐き出すものとされていた考えを示している。

(41) **神託の蒸気**　アポロ神の託宣で有名なデルポイでは、地下からガスが噴出していて、ディオニュソス（バッカス）崇拝の女（マイナス）たちはそれを嗅いで神がかりとなり、エヴォイ、エヴォイ、と叫び恍惚状態のうちに尋常でないことを語り告げる。思想という高い頂きでインスピレーションを感じたときの状態を表現。シェリーはこの作品を書いている頃、エウリピデスの『バッカイ（バッカスに憑かれた女たち）』を読んでいたと推察される。

（42）**エヴォイ**　エヴォイは、ラテン語'evocare'（死者の霊を呼び出す）による。前註（41）参照。

（43）**世界にとって害毒となる声**　狂信的陶酔そのものが悪疫のように伝染していく、の意にとる。

（44）**その「精」とあなた**　もっと美しい「精」（第二幕第三場一三行）と「大地」（同一二行）。

（45）**眼下は……**　ここから四二行の「山並の如くに」までについて、土居光知氏は、ここにはメアリー・シェリーの日記（一八一四年八月一八日）に記された描写と、T・L・ピーコック宛の手紙（一八一六年七月二二日付）の中のモンブランの描写を想わせるものがあると指摘し、「この一節がShelleyのアルプス旅行の回想を含んでいるとすれば、更にすすんで、この一節の精神的展開の意義をShelley自身がアルプス山で得たところの霊感（*Mont Blanc*; *Hymn to Intellectual Beauty*）と聯関（れんかん）せしめ、それが、Shelley自身の霊的成長と解縛とに貢献したものと想像することが可能ではあるまいか」と述べておられる

（土居光知註『*Prometheus Unbound*』研究社、英文学叢書、一九三二年、一五五頁）。

(46) **紅色の泡となる**　朝日を受けて。

(47) **精たちの歌**　アシアとパンテアはこの歌に導かれて、さらに「その如く見えるもの、真に在るもの」（第二幕第三場五九行）の現象の世界の深奥において本質・永遠・絶対なるものを知るためにデモゴルゴンの洞穴へ降りて行く。すなわち、真理に到達せんがためには、単なる現象の世界、可見の事象を超えて真の永遠の世界へ到らねばならない。現象の世界はこの永遠の真理の世界の影に過ぎない。W・J・アレギザンダーはこのように解釈し、さらにこうした神秘的な考えを、シェリーはプラトンやG・バークリーから得たとしている。

(48) **輝くもの**　パンテアのこと。

(49) **柔和**　新約聖書『マタイ伝』第五章三節以下、山上の垂訓、「幸福（さいはひ）なるかな、柔和なる者。その人は地を嗣（つ）がん」（五節）の精神を想わせると同時に、インドの高い山を背景にした絶対無我謙虚等の釈尊の精神の響きすら感じさせる。T・S・エリオットの『荒地』の終わりの部分に同調の態度が見られる。V・D・スカダー女史は、デモゴルゴンの力は、愛が完全に自己否定の境地に達したときに発動すると言っている。S・ライターも同様の解釈に立つ。この最後のスタンザでは真理認識の知的側面から心的側面に移っていることを示している。

(50)　**運命**　永遠なるもの、不滅なるものの認識の世界からの招きの声に、柔和な心で限りなく従順に従うことは(第二幕第三場九三行、「抗うな」)、一見、形而下的には弱さの優しさに見える。だが、この弱さは強い力なのである。この柔和に達したとき初めて、永遠不滅なるものに権力の力としてしがみつく「運命(必然)」は解き放たれ、権力に絡みつく「負」の必然の力となり、ジュピターの没滅をもたらす。

第四場

(51)　**デモゴルゴンの洞穴**　第一幕の註(33)、参照。

(52)　**神**　デモゴルゴンはアシアの問いに対して神の定義を与えていないが、生ける世界を造ったもの、思想、情熱、理性、意志、想像力などを造ったもの、愛や美などの感受性を造ったものは誰かとのアシアの問いに対して、デモゴルゴンはそれぞれ「神」「全能の神」「恵み深き神」とのみ答えている。次に恐怖、狂気、罪悪、悔恨などの悪は誰が造ったのかとのアシアの問いに対しては「支配するもの」だと答えている。

(53)　**誰なのか**　アシアは、最初の問いに対するデモゴルゴンの答えで、この悪の根源はジュピターだと思う。そしてジュピターの名が告げられることを予期して再びここ(第二幕第四場九行)で、「誰なのか」と問うのである。

(54) **このような心**　美や愛を感じるような心(シェリーの「叡智美讃歌」一、二、四、五、各スタンザおよび「アトラスの魔女」五七〜六〇行、参照)。

(55) **支配するものだ**　この「もの」は神に対立する力としてしか考えられないものである。「悪」はジュピターから出発してくるが、ジュピターは悪の根源ではなく、このような力の一つ。ジュピターの悪の力の根源をシェリーは探索しているのである。

(56) **「天」と「地」**　ウラノスとガイアのこと。クロノス(「時」の神)、あるいは、サトゥルヌスや、ほかの巨神たちの両親。

(57) **サトゥルヌス**　愛についての省察がつづく。サトゥルヌスは古くは農耕の神であるが、シェリーはこれをギリシャ神話のクロノスとしている。この「愛」はエロスやキューピッドではなく、混沌に秩序を与えた創造神話の愛。プラトンの『饗宴』一七八には「ヘシオドス曰(いわ)く、太始(はじめ)に「カオス(混沌)」が造られき、つぎに……「ガイア(大地)」……次に「エロス(愛)」が」とある(久保勉訳、岩波文庫、一九六五年、五六頁、参照)。

(58) **妬み深い影**　時間の世界、歴史の世界になって、欲望、不安が募り、闘争や惨害が広がって、「愛」を衰えさせる。

(59) **支配……**　第四幕最終行「「支配」であり」と対照されたい。

(60)　**時季ならぬ時季**　オウィディウスの『変身物語』一・一一三〜一二四行(中村善也訳、岩波文庫、上巻、一九八一年、一六頁、参照)、J・ミルトンの『失楽園』一〇・六六五〜六七〇行(平井正穂訳、岩波文庫、下巻、一九八一年、一九二頁、参照)、シェリーの『マッブ女王』五・四五〜四六行、などにも見られる。

(61)　**エリュシオン**　古代ギリシャにおいて、死後の楽土とされていたところ。また、西方(ホメロスの説)、西方の海中の島(ヘシオドスやピンダロスの説)などとも思われていた。

(62)　**それから……**　以下、八四行までは、第一幕四四八〜四五一行に言い表される状況とはまったく対照的な有様である。

(63)　**母たちは……**　芸術と美と力と尊厳さに打たれた女性が、美しく気高い子孫を生むようになる、との意。第四幕の註(40)、参照。

(64)　**死は眠りのように……**　シェリーは『マッブ女王』の自註では、ヘシオドスの言葉として、プロメテウス以前の人類は苦しみを知らず、若さを保ち、死は眠りのようであった、と記している。

(65)　**青白い月**　欠けていく月と新月との間の月籠(つごもり)の期間を、月がエンディミオンの恋人として神秘な洞穴に隠れ、そこで夢を見ているのだとする想像。

(66)　**ケルト人**　総じて「ヨーロッパ人」の意に用いられている。

(67) **誰を神と呼んでいるのか**　悪を支配するものが神なのかと思ってこのように問う。

(68) **誰が奴隷の主なのか**　悪に仕える奴隷(ジュピター)の主人すなわち悪の根源は誰か。

(69) **永遠の愛**　ここでアシアは「神」とは「永遠の愛」であることを知る。

(70) **プロメテウスは立ち上がる……**　アシアは永遠の愛なる神に奉仕するのがプロメテウスであることを直感し、今やプロメテウスの時代の到来のことを尋ねる。

(71) **振り向くものもいる**　時間の精。過去を回想し、恐ろしい罪の呵責(かしやく)からのがれようとしているもの。ジュピターの没落の時間を司る精である。

(72) **また、らんらんたる眼をし……呑み込むものもいる**　未来を望む時間の精、プロメテウス解放の時を司る。この精の姿は、T・L・ピーコック宛のシェリーの手紙(一八一九年三月二三日付)に書かれているように、ローマのコロセウム近く、「コンスタンティヌスの凱旋門(がいせんもん)」の勝利の女神像のイメージ。

(73) **永遠の時間**　ここ、および、第四幕六三行で「時間」は男性、第二幕第四場一六一行では中性、第三幕第三場六五行と七〇行では女性というように三つの性で扱われている。「永遠」も同様に別々のところで三つの性で表現される(S・ライターの指摘)。

(74) **ぞっとする顔の「精」**　ジュピターの没落を司る精。

(75) **暗黒**　第二幕第三場九七行の「蛇のような運命」、デモゴルゴン(必然の力)それ自身と考えてもよい。

(76) **かなたなる天体が沈まぬうちに**　この、第二幕第四場の時間は問題であり、諸説あるが、今まだ明けやらぬ頃の夜とみるV・D・スカダー女史の解釈が妥当であろう。

(77) **象牙の**　アシアを、永遠の美、ヴィーナスに結びつける連想。このイメージは第二幕第五場二〇～三〇行へつづいていく。

第五場

(78) **その光**　美と愛の光。

(79) **ネレイス**　海神ネレウスの娘たち。

(80) **条のついた貝殻の中……あなたの名**　アシアの誕生が、アプロディテ、もしくはヴィーナスの誕生と重なっている。ボッティチェッリの「ヴィーナスの誕生」の絵が最も有名。アプロディテはフェニキアの女神だったのがキプロス島からエーゲ海を経てギリシャに来た。それを神話では海で生まれ、貝殻に乗って小アジアの海岸を通って来たと考えられているので「あなたの名を持つ」と言ったのである。

(81) **太陽の火の気が……地と天を照らした**　ここにも、A・ウォーカーの理論の影響が見られる(第一幕の註(87)、参照)。

(82) **空中の歌声** インド・コーカサスの山に鎖で縛られているプロメテウスがアシアの輝きを感じてアシアに歌いかけた声。アシアから出てくる輝きに、美に酔った精たちの声、そして人間の心の歌。

(83) **生命の生命** 生命(いのち)の深奥の源泉である愛と美の精としてのアシア。

(84) **手足** 原語は limbs で、シェリーはここで、イタリア語の「手足」membra(複数形で、四肢の意)と同じ意味で用いているが、一八二〇年版詩集で limbs が lips(唇)となっていたのを、一八三九年版でメアリー・シェリーが limbs に改めた。

(85) **地の灯火よ** 旧約聖書『サムエル後書』第二二章二九節、「ヱホバ爾(なんぢ)はわが燈火(ともしび)なりヱホバわが暗(くらき)をてらし給ふ」参照。また、シェリーの『エピシキディオン』でエミーリアは美しい灯火と呼ばれる。

第三幕(梗概)

(第一場) ジュピターはテティスと結婚した結果、強大な権力を持つ子が出現することを予想している。暴虐なる権力欲が最高潮に達したとき、デモゴルゴンの力が突如として出現し、たちまちジュピターは深い淵に連れて行かれる。

(第二場) アポロンと大洋神がジュピターの没落について語り合う牧歌的なインタールード。

（第三場）　ヘラクレスがプロメテウスの鎖を解く（ただし、これがステージ・ディレクションで簡単な文章で表されているため、シェリーの構想の主要な点であるプロメテウス解鎖の心的意義が強調される）。プロメテウスがアシアやその他の精たちと再び会う喜びが語られる。

（第四場）　プロメテウスは愛と一体となり、解放され、新世界が始まろうとしている。「大地の精」の喜び。この幕から終幕第四幕まで、主役のプロメテウスは内なる精神となり、表面に現れない（V・D・スカダー女史はこれに不満を感じ、シェリーのプロメテウスの考え方に失望しているが、それは、劇としての構造にこだわりすぎて、シェリーの感性から生来する詩想と思想の一致を理解することを妨げたからではないだろうか）。

第一場

（1）　**テティス**　普通、神話では海神ネレウスの娘で、ジュピターもポセイドン（ネプチューン）も妃にしようとした。だが、テティスの生む子は父よりも大いなるものとなる、という予言のため、ジュピターはテティスとの結婚をあきらめ、彼女を人間ペレウスに与えた（これから生まれるのがアキレスである）。しかしシェリーのこの作品では、テティスとジュピターは結婚する。アイスキュロスのプロメテウスとは異なるプロメテウス構想の重要なモチーフである。なお、本書の解説も参照のこと。

（2） **運命の子**　ジュピター（権力）とテティス（驕美）との結婚から生まれる一つの精。まだ形体を具えていない。ジュピターのこの認識と期待はやがてドラマティックなアイロニーとなる（第一幕の註（50）、参照）。

（3） **デモゴルゴンの空になった王座から**　ジュピターは自分の子にデモゴルゴンと同一の権威の装いをさせ、すでにデモゴルゴンの王座は空になってしまったと考えている。デモゴルゴンを無視し、抹殺したつもりでいるのである。

（4） **再び大地に降りて行き……**　大地の恐怖（第三幕第一場一九行）として地に降り、デモゴルゴンのような形をさせて、人類の精神を踏みにじろうとする。

（5） **イダのガニュメデスよ、ダイダロスの杯に……**　ガニュメデスはトロイア近くのイダ山で牧羊をしていた美少年。ジュピターが、鷲（わし）を唆（そその）かしてこの少年をオリュンポスに連れてきて、神々への酌童にした。ダイダロスはミノス王のため、クレタに迷宮を作ったり、翼を作って空を飛んだと言われる名工。「天の酒」とは、ギリシャ神話のネクタル、神々の飲む生命（いのち）の酒のこと。

（6） **耐え難い力よ……**　ディオニュソスの母セメレについての神話では（オウィディウス『変身物語』（中村善也訳、岩波文庫、上巻、一九八一年、一〇八〜一一一頁、参照））、セメレがあるとき、ジュピターに対して、后ユノのところへ行くときと同じように壮麗な姿をして訪ねて来てくれるように頼んだ。そこでジュピターは雷神の姿で彼女のもとに行くと、セメレは焼け死んだ。その比喩をここに持ってきているのである。ヌミディア(アルジェリア)の毒蛇の故事は、昔、ローマの軍隊がその地方を進軍中、一兵士が seps(毒蛇)に咬まれ体が溶けてしまったという伝説による。

(7) **受肉**　ジュピターとテティスの間に生まれる精が形をなして顕れること。デモゴルゴンの「空に」なった王座(第三幕第一場二一行)からデモゴルゴンの精神を抹殺し、その形をもってくる。

(8) **永遠だ**　第二幕第三場の註(50)、参照。

(9) **随いて来い……**　以下、五七行の「……ないだろう」までの箇所には、暴力(や権力)の支配に代わる、別の暴力(や権力)による支配の完全な否定がひそんでいる。

(10) **我は汝の子**　劇的な反語(dramatic irony)と解すべきである。

(11) **タイタンの牢獄**　地獄の最も深いところにあるタルタロス。ここにジュピターは巨人族を押し込めている。

(12) **助けてくれ**　自分の勝利と思っていたものが、永遠と名乗る恐ろしいデモゴルゴンであった。ジュピターは自らの暴虐によって滅びなければならなくなるのであった。

（13）**鷲と蛇**　ホメロスもアイスキュロスも描写している。シェリーはほかの作品でも好んでこの鷲と蛇との戦いを描写している。『アラスター』二二七〜二三二行、『イスラムの叛乱』第一歌六〜一四節など。

第二場

（14）**アトランティスの島**　プラトンやプリニウスによって伝えられている伝説の島。大昔に大地震のため、海中に沈んだとされている大西洋の島。ジブラルタル海峡の西方にあったとされる。

（15）**大洋神オケアノス**　世界をめぐる水の巨神。ヘシオドスの『神統記』(廣川洋一訳、岩波文庫、一九八四年)によるとウラノス(天)とガイア(地)の子、とされる。アイスキュロスの『鎖に縛られたプロメテウス』ではプロメテウスとゼウス(ジュピター)を妥協させる役割を与えられている。シェリーは、この神をアポロといっしょに、この第三幕第二場に牧歌的な神として登場させ、ジュピター没落の噂をさせる。

（16）**アポロン**　ギリシャ神話では太陽神、医術、音楽等の神でもある。

（17）**私が統治する球**　太陽。

（18）**赤々と……焼くようにして**　ジュピターがデモゴルゴンの暗黒につつまれる様。

る。

(19) **鷲**　プロメテウスの肝臓をついばんだ鷲も、同様に、デモゴルゴンの暗黒につつまれる。

(20) **天の姿を映す海原……**　以下三四行までの大洋神の言葉は、ジュピター没落の結果、天と地のすべてが一体となる調和を響かせる。

(21) **青いプロテウス**　プロテウスはポセイドン(ネプチューン)の子、あるいは、従者。ポセイドンのために家畜(海豹(あざらし))を世話している海の老人で、予言をしたり、歌をうたったりする。

(22) **姿見えぬ水先案内……白い星と共に**　白い星は、金星すなわち宵(よい)の明星(みょうじょう)。また、シェリーは明けの明星を「明るく光る星」(第二幕第一場一七行)と呼んでいる。この「白い星」が三日月と共に現れると、月の乗る舟のへさきに立つ水先案内の兜のように見える(シェリーの『ロザリンドとヘレン』九六八〜九七一行にも同様の描写がある)。

(23) **波に映える花の光**　戦火に荒らされることもない島は花園のよう、その花園の花が波に平和に映る。

(24) **ネレイス**　ネレウスの娘たち、伝説では五〇人いるとされる。

(25) **大いなる姉ぎみ**　アシアをさす。

(26) **飢えている**　シェリーの『アドネイス』二三八行、参照。

(27) **異しきもの**　海。

第三場

(28) **ヘラクレス、プロメテウスの鎖を解く**　ギリシャ神話でも、ヘラクレスはプロメテウスの鎖を解く仕事をしている。しかしシェリーにおいては、すでにこの場のはじめに解鎖は終わり、ヘラクレスは退場しようとしている。これは眼に見える外面的なことが主でなく、シェリーのプロメテウス解放は内面的な意義のうちに成就されていることを明瞭に示している。なお、ヘラクレスは神話中でも最も有名な豪勇無双の神、肉体的な力を象徴する神。

(29) **寛容の愛**　新約聖書『ガラテヤ書』第五章二二節、『ロマ書』第二章四節(その他、『コリント後書』『エペソ書』『テモテ前書』『テモテ後書』『ペテロ前書』『ペテロ後書』)に用いられているこの「寛容」に当たる英語(long-suffering)は、聖書の英訳の歴史の中で大きな功績を残したW・ティンダル(William Tyndale)の造語である。

(30) **美わしきニンフの姉妹たち**　パンテアとイオネーをさす。

(31) **洞穴がある**　プロメテウスが隠遁しようとしている洞穴という意味に解釈すべきではない。プロメテウス的精神の宿るべきところ、人類の精神と見るべきであろう。なぜなら、プロメテウスは暴力的なジュピターに代わる支配者となるべきではないからである（第三幕第一場五七〜五八行でデモゴルゴンは力による力の取得、力にかわる力を否定）。そこにシェリーの高い理想主義がある。もちろん、逃避ではない。勇気ある暴力否定の精神であり、シェリーのこの精神は宗教的ドグマの暴力にも、思想や、政治の暴力にも、言論の暴力にも向かってゆくものである。短絡的にアナーキズムと解されるべきではない。イギリス労働党の心をとらえることになるシェリーの精神の核心である。

(32) **心目覚めさす音**　シェリーは『生の凱旋歌』（三〇七〜三九九行）の洞穴の描写で同様な表現をしている。このような音を出している洞穴の真ん中にある「泉」は人類叡智の源であり、生命の河の源（古代の象徴）である。

(33) **鳥や、蜜蜂**　鳥は肉体を出た魂、蜜蜂は蜜を連想させる古代の象徴であろう。前出、「泉」「心目覚めさす音」などと同様、プラトンやホメロスから得たイメージと思われる。

(34) **苔むすむしろ**　シェリーの『生の凱旋歌』三五五行、参照。

(35) **われらは変わらずに**　人類進展の精神の不変不動の根源であるべきこと。美と愛の生命的結合のデモゴルゴン的原動力の本源、すなわち結合、分化、発展の原動力となっていくべきであるという意味である。

(36) **エンナ**　シチリアにある高原地。

(37) **イメーラ**　シチリアにある川。前註(36)のエンナと共に、田園詩や、春の擬人化とされるペルセポネ(冥府の王ハデス〔プルートン〕の妃)などへの連想をさそう。

(38) **巻貝を……年老いたプロテウス……**　第三幕第二場の註(21)、参照。プロテウスはプロメテウスとアシアとの結婚の結果の予言を美しい巻貝の中に吹き入れ、贈物としてアシアに与えた。アシアがプロメテウスと相離れて受難している間、イオネー(望)が隠しておいたということ。

(39) **母なる大地よ**　手稿にはここにト書きがあって、「大地に口づけをする」とある。

(40) **羚羊の姉妹**　羚羊は美わしいものの象徴とされている(シェリーは、『アラスター』でも『エピシキディオン』でも『アドネイス』でも用いている)。

(41) **それら**　第三幕第三場九〇行の「あまたの美わしい子ら」をさす。

(42) **この言葉**　第一幕では、「大地」の言葉は美と合一していないプロメテウスに理解されなかったが、ここでは、このような「大地」自身の言葉が「美の精」たるアシアに理解されない。

(43) **死はヴェール……**　われらの地上の生は死であり、真理をへだてているヴェールのようなものである。われらが死と呼んでいることは、そのヴェールをあげることである(A・M・D・ヒューズ)。われらが生と呼んでいるものは真の実在を隠して見えなくしているものである。われらは死んで初めて、全き生に入るのである。ゆえにわれらが生と呼んでいるものは、真の意味では死である(W・J・アレギザンダー)。アレギザンダーが解釈したような意味では、シェリーの『アドネイス』三九・四一、五二行や、「生けるもの、生と呼ぶ、描きしヴェールをあげるな」に始まるソネット、また、『ミモザ』の結詩、一〜二四行中の、「死そのものなど／みせかけにすぎぬ」、「愛と、美と、歓びには、／死もなく、変化もない」、あるいは、本作品第四幕五七〜六〇行の「描かれた幕」などにも見られる。訳者はヒューズの「真理を」へだてているヴェール、という考えに疑問を持つ。「真の生を」へだてているという意味、あるいは、生と思って見ているもの、そう思わせているヴェールなら理解し得る。訳者は「地上に生きているわれらが生と呼んでいるものは、ヴェールに描かれたものを見ているようなものである。そしてわれらが地上の生を終わることとは、肉体というヴェールが取り去られることであり、真の生に入ることである」と解釈する。T・S・エリオットの詩に表現されている死生の観念なども、このあたりの考えに相通じたものがある。エリオットの場合は、宗教的なモチーフとして用いられる。それは『荒地』『聖灰水曜日』『四つの四重奏』などにしばしば見られる。

(44) **あ、精よ――そう、洞窟があるのだ、そこで**　アシアはいまパンテアと共に、プロメテウスの洞穴(人類のプロメテウス的精神の宿るべきところ)に導かれて行っているところ。

ここでは、「大地」は、プロメテウスがさっき言った洞穴(第三幕第三場一〇行)ということに、アシアへの言葉を繋げていく。その途中で急に(後出、第三幕第三場一四八行の)精を呼んでおき、アシアに対する言葉を続けるのである。

(45) **祠**　デルポイの神殿が念頭にあったと思われる。

(46) **精よ**　第三幕第三場一二四行で呼ばれた精が、もう一度ここで呼ばれる。そして松明持ちとしての「精」として姿を現す。

(47) **松明持ち**　W・M・ロセッティはこの「翼を持った子どもの精」として表されている「松明持ち」と次の第三幕第四場の「大地の精」はたぶん同一ではないだろうと考えている。別々だと見ても妙に一つのもののように感じられ、同一だと見てもあまりに二元的な矛盾を感ずるというのが理由である。W・J・アレギザンダーは同一の人物と見ている。大地の精は大地の諸傾向を表し、悪の力がはびこる間は成長しないで、次の場で成人した姿で現れているのだ、というのがアレギザンダーの解釈の理由。C・D・ロコックは同一とは見ていない。第三幕第四場の精は「登ったり、歩いたり、浮かんだり」するが、第三場の精は「翼を持つ」という外見上の行動の違いを挙げている。しかも同一のものならイオネーが第四場で「地上のものではない」と言うはずがない、としている。また、一方は「大地」に明かりを与え、他方は明かりを地から天空に与える、として両者を分離している。しかし土居光知氏の解釈はもっと神話的な要素に重点を置いてこの問題に一つの解釈を与えていると思うので、参考までに土居光知註『*Prometheus Unbound*』(研究社、英文学叢書、一九三一年)の一八六〜一八七頁から引用する。

「Shelley は II. v. 20-6 で Asia を Venus と一致せしめているが、この Spirit を Eros 或はCupid として想像しているのではあるまいか。Cupid も 'delicate Spirit' であり、'winged child' であるが、'walk' することも多く、'way-ward' な少年である。彼は Asia を Mother と呼んでいる。その後 Prometheus と Asia とが離ればなれになった故に Spirit of Love としては成長せず、少年のままでいた。Ione は Spirit of Hope で Prometheus と共に将来ばかりを望み、過去を顧みない性質のものである。それ故この過去に於ける Humanity と Beauty との結合から生れた子供を忘れていたとしても矛盾はない。また Prometheus の解縛と Asia との結合が成就した前場の終りにおいて Hope は少時の間希望することがなく、その場に居なかったと考えることもできる。」

なお、ここから終わりまでの大地の言葉はきわめて解釈の困難な場所である。これについても同氏の独創的な考察が右の解釈のすぐあとに引き続いて註記してあるので、それもここに引用させていただく。

「以下の象徴は理解することが非常に困難で、誰も手をつけた人がないようであるが、試みに一つの解釈を提出しておこう。このCupidがPrometheusとAsiaを案内して、印度（インド）ゲルマン人種発祥の地と想像されている地へ伴ってゆく。そこには人々に狂熱を与えるガスが噴出しており(l. 126)、同時に静観の池(l. 159)があり、また渇仰と崇拝とを象徴する高く聳ゆる殿堂(l. 161)とがある。この熱誠と静観と渇仰とがインドゲルマン人をして優秀な人種たらしめた、「Prometheus的なるもの」である。かつてこれがPrometheusとよばれた(l. 168)。Prometheusの'the destined cave'はこのインドゲルマン人を優秀ならしめた精神、その精神の発祥の聖所である。」(なお、引用文中の行数は原文の行数を示す)

(48)　**わたしの美わしい娘**　アシアのこと。

(49)　**この二人**　アシアとプロメテウスをさす。

(50)　**バッカスのニューサの峰や、マイナスの住む山**　ニューサの峰は酒神バッカス(ディオニュソス)が育ったと伝えられているところ。マイナスはバッカスを信じる女たち。

(51)　**プラクシテレスが彫ったような像**　プラクシテレスは、前四世紀頃のギリシャの大彫刻家。シェリーはT・L・ピーコック宛の手紙(一八一九年三月二三日付)の中で、プラクシテレス作とされているローマの二つの彫像について、「これらの彫像は、神のものであったと思われる崇高にして完全なる美と、抗（あらが）いがたいエネルギーを結合させている」と書いている。

(52) **他人の手には委ねずに……**　C・D・ロコックによると、このあたりは古代ギリシャの松明競争の比喩があるという(アテナイの火の神祭)。そしてシェリーの原稿には註記があって「プラトンの『国家』のはじめのところ」とあるが、ここで「他人の手には委ねずに」と言っていることには特別の意味がある。すなわち、プロメテウスも、世界の希望の光を生涯持ち運んで行く人々も、自ら一人で持って行くのであって、他人の助けを借りず、自分の意志で持って行くというところにこの比喩の重要な点があるとロコックは言っている。

第四場

(53) **第四場**　この場は、第三場の翌日の朝と考えられる。

(54) **大地の精**　第三幕第三場の註(46)、参照。

(55) **頭に燃えている光……エメラルドの光線が**　イオネーが見ているこの「大地の精」の描写は、イラズマス・ダーウィンの『植物生長の経済』二・一一行以下の「翼をつけた熾天使」のところにも見える。

(56) **毒蛇**　D・ルカンの『ファルサリア(*Pharsalia*)』に記されている毒蛇。これに咬まれると激しい渇きが起こる。

(57) **母よ、いとしい母よ**　手稿では、ここに「アシアと精、洞穴に入る」と記されている。

(58) **一つの楽の音**　時間の精が吹き鳴らした音楽。プロテウスの貝の音。第三幕第三場六四〜八三行、参照。

(59) **ひき蛙も、蛇も、蠑螈も、こんなに美しくなった**　旧約聖書『イザヤ書』第一一章六〜八節、「おほかみは小羊とともにやどり　豹は小山羊とともにふし　犢小獅肥えたる家畜ともに居りてちひさき童子にみちびかれ　牝牛と熊とはくひものを同にし熊の子と牛の子とともにふし　獅はうしのごとく藁をくらひ　乳児は毒蛇のほらにたはむれ　乳ばなれの兒は手をまむしの穴にいれん」参照。

(60) **翡翠**　本来は魚をとって食べる鳥だが、ここでは、いぬほおずきの実を食べている（シェリーの菜食主義の暗示）。

(61) **しとやかな妹**　月の精のこと。

(62) **互いの美しい自己**　月の精と大地の精の自己をさす。

(63) **フィディアス**　古代ギリシャの彫刻家、建築家。パルテノンの設計、彫刻を担当した。第三幕第三場の註(51)、参照。

(64) **《汝らここに入るもの一切の望みを棄てよ》**　ダンテ『神曲』地獄篇、第三曲七〜八行

（山川丙三郎訳、警醒社、一九一四年）、参照。

(65) **《然り》と口では言いながら、心には《否》と言わせ**　新約聖書『マタイ伝』第五章三七節、「ただ然（しか）り然り、否否（いな）といへ、之（これ）に過ぐるは悪より出づるなり」参照。

(66) **無憂華**　第二幕第四場六一行に既出。

(67) **三重の冠**　法王の冠。

(68) **オベリスク**　方尖塔。

(69) **ヴェール**　第三幕第三場の註(43)、参照。ここではかつて、人々が「生」と思ってそう呼んでいたもの、それは、そのようなものが模写されているヴェールを見ていたのであり、そのヴェールが取り除かれて初めて、そこに真実の「生」の世界が展開する、の意。

(70) **王者として自らを治め**　「詩人にして立法者」であった改革者シェリーの精神の核心。すべての改革の以前に成就しなければならない人類の精神。

(71) **誰もまだ登ったことのない……虚空の極みの芯の中……**　これも、イラズマス・ダーウィンの『植物生長の経済』一・九七行以下に同調し、「虚空の世界」を共有している。

第四幕（梗概）

第四幕は新世界に歓喜する精たちの頌歌（しょうか）で、壮麗でシンフォニックなフィナーレ。過去や未来の時間の精と人類の精神の歓喜のコーラス。大地と月の交唱。新世界の精神の根源たるデモゴルゴンの歌。メアリー・シェリーによれば、初めは第三幕で終わっていたが、数カ月後にプロメテウスに関する予言の成就を喜ぶ頌歌の如きものを書き加えてこの作品を完結させるべきだと考え、この第四幕が執筆されたのだという。

（1） **姿の見えない精たちの声**　一行以下は、新しい時代の「時」の「精」、「大気」の「精」と「大地」の「精」を呼び出す。

（2） **行列**　過去を葬る葬式の行列。

（3） **永遠の中のその墓場へと**　過去の「時」を葬るのである。

（4） **髪の毛**　シェリーの『アドネイス』の材料となった古代ギリシャの牧歌詩人ビオンの『アドーニス悲歌』に、恋の神がアドーニスの死を悲しんで髪の毛を切ったことが出ており、それを反映したことを『アドネイス』一一・三〜四行に書いている。

（5） **あの暗い姿のものは何者だったのか**　希望であるイオネーには過去のことは分からない。姿の見えない精たち、新しい精たちが現れる。

（6） **唯一人だけが**　プロメテウスだけが。

（7） **お前たち**　新しい時代の「時」たち。

（8）**眠りの……幕を引いていった**　第三幕第三場の註（43）、第三幕第四場の註（69）、参照。

（9）**深いところ**　新しい時代の「時」は、古い時代の「時」に連続するものではない。すでに永遠の内に存在するものであることを示している。

（10）**百年**　文字通り一〇〇年という意味ではなく、第一幕七四行の「三十万の三倍もの歳月」と同様、長い時間を意味する。

（11）**われらは聞いた、希望の紘の調べを**　第一幕のことと見てよいであろう。

（12）**われらは知った、愛の声を**　第二幕のことであろう。

（13）**跳びあがる**　第三幕のことであろう。

（14）**海鳥**　第三幕第四場八〇行の翡翠（かわせみ）を指す（第三幕第四場の註（60）、参照）。

（15）**セイレーン**　上半身は女で下半身は鳥の形をした魔女。美しい歌声で船人を誘惑し、溺（おぼ）れさせたと伝えられる。

（16）**高いところに……**　以下、人類の精神の精たちと時間の精たちのコーラスの交唱。

（17）**ダイダロスの翼**　第三幕第一場の註（5）、参照。ダイダロスはその子イカロスといっしょに空を飛ぶ翼をつけてクレタ島からシチリア島まで飛んだ。ダイダロスはうまく飛んだが、イカロスはあまり太陽の近くまで接近したので翼の蠟（ろう）が溶けて墜落した（そこがイカロス海〔エーゲ海〕となった）。

(18) **われらはかなたなる天に運ばれてゆく**　人類の新世界建設のために。

(19) **大地の魅力がわれらの足を止める**　地球のまわりを歌いながら巡り、光明と美を漲らせるため。

(20) **アイオロス風の**　アイオロス調の。第二幕第一場の註(5)、参照。

(21) **目覚めさせるような音**　月からの音楽。

(22) **森**　プロメテウスの洞穴のそばの森、感情の世界の象徴。

(23) **一つの小川の二筋の流れ**　生命(いのち)の川。ダンテの『神曲』浄火篇、第二八曲、一二一～一二六行あたり(「また汝の今見る水は……變らず盡きざる泉よりいづ、……神の聖旨(みむね)によりて、その二方の口よりそゝぐものをば……」(山川丙三郎訳、警醒社、一九一七年))から得たイメージと思われる。ここでは男性と女性の象徴。

(24) **二つの幻影**　「大地」の「精」を乗せた車と「月」の「精」を乗せた車。この「大地」の「精」は、「母なる大地」とは異なる。第三幕第三場で紹介されている新しい「大地」の「精」。

(25) **戦車**　月が乗ってゆくと思われている三日月のこと。

(26) **「月」々の「母」**　三日月のこと。

(27) **銀梅花を巻きつけた……黄金色の槍**　昔、ギリシャでは勝利の戦士の頭や武器を銀梅花の花で飾った。銀梅花はヴィーナス（アプロディテ）の神木とされたと伝えられている。

（28）**金剛石や黄金……**　以下、三一六行の「……死滅してしまった」までの箇所には、イラズマス・ダーウィンの『自然の殿堂』三・四六七～四六八行との同調が見られる。

（29）**ゴルゴンの頭を現した楯**　ゴルゴンはギリシャ神話の三人姉妹の怪物、ステンノー、エウリュアレー、メドゥーサ。髪は蛇、翼は黄金、その目には人を石にしてしまう力があった。

（30）**鎌**　死神の持つもの。

（31）**鱗を持つ島であった魚**　レビヤタン。旧約聖書『ヨブ記』第四一章一節の「鱷（わに）」、参照。次註（32）も、参照。

（32）**河馬**　ベヘモス。旧約聖書『ヨブ記』第四〇章一五～二四節、「河馬を視（み）よ……」参照。

（33）**大洪水**　旧約聖書『創世記』第七～九章、参照。

（34）**《失せよ》**　黙示録的な表現になってきている。新約聖書『ヨハネの黙示録』第二一章一～四節、「我また新しき天と新しき地とを見たり。これ前（さき）の天と前の地とは過ぎ去り、海も亦（また）なきなり。……大（おほい）なる聲（こゑ）の御座（みくら）より出（い）づるを聞けり。曰（いは）く『……今よりのち死もなく、悲歎（かなしみ）も號叫（さけび）も苦痛（くるしみ）もなかるべし。前のもの既に過ぎ去りたればなり』」参照。

(35) **大地**　ここでの「大地」は、第一幕や第三幕第三場の「母なる大地」ではない。月の兄であり、愛するもの、成長した「大地の精」と見るべきであろう。

(36) **喜び……**　このあたりは、イラズマス・ダーウィンの『植物園』の第二巻「植物の恋」や、太陽熱によって発生する地球の大気についてのA・ウォーカーの理論(『哲学』)などの考えに同調したもののようである。シェリーもこのように新しい科学思想と神話的認識を結びつけている。

(37) **呪いの王者**　ジュピターのこと。

(38) **雷箭**　ジュピターの武器。

(39) **人々ではない**　単に人間の集まり、ということではなく、愛による真の意味の人類の共同体。

(40) **万物は……**　旧約聖書『詩篇』第一九篇一節以下、「もろもろの天は神のえいくわうをあらはし、穹蒼はその手のわざをしめす……」参照。衣とは霊をつつむ衣、すなわち肉体。糸は肉体という衣を作る材料。芸術の美を感じ、その胎教で美しい子孫を残す(第二幕第四場八三〜八四行)、の意。

(41) **大理石と色彩……**　人類はその想うことを彫刻や絵画、すなわち芸術で表現する。

(42) **オルペウスの**　オルペウスはギリシャ神話の音楽の妙手。ここは「魅力的な」、の意。

(43) **ダイダロスの**　ここでは「極めて巧みな、霊妙な」、の意。第三幕第一場の註(5)および第四幕の註(17)、参照。

(44) **雷電**　十八世紀の終わり頃、電気の性質が理解され、またF・W・ハーシェルの望遠鏡などにより、天文学も急速に進歩した。以下、四二三行まで、電気の力の制御やその技術を暗示。なお、第二幕第二場七一～八二行、参照。

(45) **月……**　ここの四二四～五〇二行の「月」と「大地」の交唱も、イラズマス・ダーウィンの『自然の殿堂』(三・四六七～四六八行)の思弁と同調。

(46) **……となる――**　大地の言葉が少し後の四四四～四四六行に繋(つな)がってゆくので、手稿の通り、ダッシュが適切(フルストップでは文脈を切断してしまう)。

(47) **ピラミッド**　太陽の光で出来る地球の陰が円錐の形になる(プリニウスの『自然史』にある考え)。シェリーは自作の『生(いのち)の凱旋歌(がいせんか)』の中では「夜の円錐」と言っている。ここで「ピラミッド」と言ってはいるものの、四角錐のイメージではなく、円錐のイメージになっている。

(48) **アガウェの……マイナス……カドモス**　エウリピデスの劇『バッカイ(バッカスに憑(つ)かれた女たち)』によるとテーバイの王ペンテウスが王位についたとき、王は女が酒神ディオニュソス(バッカス)の祭をすることを禁じようとした。ところが、この王の母アガウェも森に行き、ディオニュソス神の信女マイナスたちの仲間に加わっていて、祭を見に来た王を殺した。

(49) **また……** 以下、四九四行までは手稿にはない。後に加筆されたものと推察される。

(50) **そして、日は弱り、泣く、さもこそ、と** ここは、原文では前の「月」の歌の韻律を受け、同一リズムで「大地」が歌いついでいる。

(51) **優しき「月」よ……** 以下、五〇二行の「……の力が要る」までの箇所は、「大地」と「月」の愛が互いに与え合う愛となり、「大地」と「月」が一つとなったことを示す。

(52) **愛を増し加えている** 「愛だ、すべて愛だ」(第四幕三六九行)、第一幕の註(87)、参照。

(53) **大地より生まれたりしもの** プロメテウスは「大地」の子であった。

(54) **蛇** 第二幕で「運命」は暴虐な王座にとぐろ巻く蛇であり、それはジュピターの没落をもたらす秘められた負の力であると同時に、プロメテウス解放の運命をもたらす力のイメージで登場する(第二幕第三場九七行)。しかし、この第四幕最終場面では、蛇はデモゴルゴンの口を通して違ったイメージで語られる。「精」たちはいま、高揚した精神の中で、来(きた)るべきプロメテウス的精神の時代のことを謳(うた)った。だが、そのような時代においても、権力をして「暴虐なる悪」を働かせる力として、動き出させてしまうような可能性がないことはない。力弱く見える「永遠」にもこの蛇は絡(から)みついて生き延びようとすることがあるかもしれない。だが、「優和」「高徳」「叡智」「堅忍」(第四幕五六二行)の不思議な力によって、絡みつく蛇は解きほぐされ、永遠は再びその主権を回復することができるのである。ボッカッチョの『異教の神々の系譜』の中の蛇は、デモゴルゴンの洞穴のあたりのものをみな食い尽くし、自らの尾をも食べてしまい、自滅してしまう。シェリーはこのくだりでジュピター自滅の有様をあえて言上げしない。ボッカッチョのことを気づかせようともしない。しかし、自明の理として、そこには蛇の存在はもうないのである。シェリー独自の必然論の強靭な主張である。そしてこの必然論の力学のように存在するのが「愛」なのである。

(55)　**これらの保証の力**　第四幕五六二～五六三行の保証の力。

解説

イギリス・ロマン主義復興期の詩人、パーシー・ビッシ・シェリー(Percy Bysshe Shelley)は、一七九二年八月四日、イギリスのサセックス州、ウォーナムのフィールド・プレイスに、シェリー家の長男として生まれ、四人の妹と一人の末弟と共に育った。この、母に似た美しい容貌と知性の持主であった少年をして不滅の詩人たらしめた感受性は、彼の天性ではあったろうが、一つには、彼が早くから吸収したギリシャ、ラテンの文学や思想、ウィリアム・ゴドウィンの急進的な社会主義思想、その恋愛観、結婚観、また夢幻的想像を駆り立てるような読み物や、自然科学思想など、彼の精神と肉体が住んだ環境と、そこに現れる美貌と理知に輝く女性たちとが織りなす激しい人生の流れの渦の中に生きた彼の詩心であったと言えるであろう。

シェリーは、すでにサイオン・ハウス在校の少年の頃から、理科の教師で、百科事典的知識の持主、アダム・ウォーカー(「気違いウォーカー」と異名で呼ばれていた先生)の影響を受け、イラズマス・ダーウィン（チャールズ・ダーウィンの祖父）の思想の流れをくむ識者や、発明家とその発明、天文学、天体、物理学、化学、磁石、電気、等々に興味を持ち、望遠鏡や顕微鏡の使い方なども習い覚えた。そして、実験や道具、装置への興味は、エネルギーや気象の力などへの異常な傾倒とともに、空想的思索と結びついていった。さらに、シェリーのこの資質は、イートン校に進学してから政治思想や科学の領域で自由思想の持主として知られ、校外に住むジェイムズ・リンド博士に見出され、シェリーは、リンドの哲学や思想、学識を思う存分吸収した。このリンド博士は、天文学者で海軍軍医でもあり、学術調査遠征などにたずさわり、壊血病治療では一世を風靡（ふうび）した。シェリーは六歳の頃からラテン語の才能を示していたが、その古典語の能力もさらに開かれていった。リンドの相手をさせられてプラトンの『饗宴』を読んだりもした。だが、校内では校則を守らず、上級生から命じられる用事を当番でする「ファギング」に反抗する。そして、このような言動は「気違いシェリー」と嘲（あざけ）られるにとどまらず、世間の風潮として、反体制者一般に向けられた神否定論者というニュアンスの強いAtheistなどの名で呼ばれるにいたる。ゴドウィンの思想に触れるのも、ドルバックの過激な必然論を知る（そして、これはシェリーの必然論の原点となる）のも、このリンドによるものであった。

オックスフォード大学のユニヴァーシティ・コレッジに入学してからも、詩作などもするが、ウォーカーの影響で相変らず危険な電気や、化学や火薬の実験、幽霊呼び出しの実験などを、寮の自室で繰り返すのであった。しかし、シェリーの反抗心は、ついにパンフレット *The Necessity of Atheism* を書かせ、大学追放ということになるのであった。Atheism と言えば、それは Theism(有神論)に対立する概念で、当時は Deism(理神論)に近いというより、ほとんど同義に用いられていた。そして、この Theism の神概念に否定的な Atheism はむしろ不可知論的な概念であって、人間には神を認識し得る能力はない、とするもので、神否定論とみなされる傾きもあった。シェリーはこの認識に立っていたのであった。そして、シェリーをしてこのようなパンフレットを書かしめたことには、遠近二つの要因が導火線となっている。その一つは、シェリーがフィールド・プレイスの生家にいた頃に、思いを寄せていた従妹、グローヴ家のハリエットとの結婚の望みが断たれたことである。ハリエットは、シェリーのあまりにも性急な結婚の申し込みや、急進的な結婚観、特に当時の、結婚を否定するような思想に接して困惑し、また両家としても、宗教的理由などから、懸念のあまり介入して、ハリエットとシェリーを引き離してしまった。そのようなことから受けた失望から、シェリーはますます社会や既成宗教への反抗心を募らせ、因習を打破しようとする気概に燃えるようになっていた。そのうえ、オックスフォードに入学した頃には、妹の学友、ハリエット・ウェストブルックの家庭や学校における不遇に同情し、自分の主義に板ばさみとなりながらも、このハリエットとスコットランドに駆け落ちし、結婚する。そのために、父からは生活費がもらえなくなって苦しんだりするが、ゴドウィンの思想への傾倒はますます深まり、父からの送金が再開されるやただちにアイルランドのカトリック教徒解放のための政治活動を始める。

シェリーの最初の大作『マッブ女王』(*Queen Mab*)が書き始められたのは一八一二年頃、南デヴォンシャーのリンマスにおいてであった。この頃、シェリーはすでに菜食主義者になっていたが、この作品の末尾で、人間に病気をもたらしたのは、プロメテウスが人間に火を与え、人間は火によって食物を食べるにいたったからであるとして、プロメテウスに反対する姿勢をとっていた。しかし、一八一四年頃、アイスキュロスの『鎖に縛られたプロメテウス』を読み始めてからは、人類の解放のためにゼウス(ジュピター)の暴虐に対する抵抗を貫いたプロメテウスに興味が移り、プロメテウスを礼賛するようになっていった。だが、この頃、ハリエットおよびその姉とシェリーとの間の不和の溝が深刻になってきていた。そこにゴドウィンの娘、メアリーの存在がクローズアップされてくる。シェリーは、このメアリーを妻とし、ハリエットを「霊の妹」として三人で仲良く暮らしたいと大まじめで言い出し、ハリエットに深刻なショックを与える。シェリーはやがてメアリーを連れて大陸に出かけるが、旅先から、ハリエットも来ないか、とこれも大まじめで誘っている。こういう気持はハリエットならずともまことに理解に苦しまされるものであったろう。帰英して後、一八一六年には、事実上シェリーの詩人としての生涯の始まりとも言うべき詩集『アラスター』(*Alastor : or, the Spirit of Solitude and Other Poems*)を出版し、その年の末、ハリエットの投身自殺のあと、メアリーと正式に結婚するが、ゴドウィンの政治活動費や、自分の病気や借金に悩まされ、ついにメアリーを連れてスイスに行く。スイスではG・G・バイロンと一夏を過ごし、「叡智美讃歌」(*Hymn to Intellectual Beauty*)等を書いた。『イスラムの叛乱』(*The Revolt of Islam*)は一八一七年頃に書かれた(当初は *Laon and Cythna* と題していた)。

一八一八年、シェリーはメアリーを伴ってイタリアに入る。しかし、これはイギリスに二度と帰らぬ永遠の旅となる。イタリアに来てからのシェリーは、各地に転住しながら、次々と逸作を書いている。温泉で有名なバンニ・ディ・ルッカでは、プラトンの『饗宴』の英訳をしたり、『ロザリンドとヘレン』(*Rosalind and Helen*)を完成したり、ヴェネツィアにバイロンを訪れては『ジュリアンとマッダロウ』(*Julian and Maddalo*)を、また、エステでは『ユーゲニヤの丘にて詠める歌』(*Lines Written among the Euganean Hills*)などの作詩をし、また、同年末には、『失意の詩節、ナポリ近くにて』(*Stanzas Written in Dejection, near Naples*)を書いている。ここに訳出した『鎖を解かれたプロメテウス』(*Prometheus Unbound*)の第一幕は、この年の秋に脱稿している。翌年三月にはローマに移り、『鎖を解かれたプロメテウス』の筆も進んだ。イタリアに来てから、プロメテウスに対する関心は急速に高まり、その結実がこの作品となった。一方、『チェンチ家』(*The Cenci*)が書かれ始めたのもこの頃である。そのほかにも、一九二〇年、フィレンツェでは「西風の賦」(*Ode to the West Wind*)を初めとし、ピサでは「雲」(*The Cloud*)や「ひばりに」(*To a Skylark*)など、珠玉のような作品が多く書かれていく。『エピシキディオン』(*Epipsychidion*)における叡智美の権化として現されるテレーザ・エミーリア・ヴィヴィアーニを知ったのもこのピサである。『詩の擁護』(*A Defence of Poetry*)を書いた一八二一年には、J・キーツがローマの宿所(現在、ピアッツァ・ディ・スパンニャ〔スペイン広場」のキーツ・メモリアル・ハウスとなっている家）で病死したのを聞き、『アドネイス』（*Adonais*）を書いた。この頃、シェリーは、エドワード・ウィリアムズ夫妻を知った。この美しい夫人は、また、『ミモザ』（*The Sensitive Plant*）の中の「レイディ」として表徴されるが、この婦人に寄せた美しい抒情詩がいくつか作られた。

一八二二年七月、かねてジェノヴァに注文して建造した快走船「エイリエル号」（建造時には「ドン・ジュアン号」と命名）に乗り組み、レリチからリヴォルノに赴き、リー・ハントとの再会を喜び、八日、ウィリアムズと少年水夫と共に帰途についた。しかし、数時間後、突然暴風雨が起こり、海上は二十分ばかりのあいだ吹き荒れた。嵐がおさまったのち、スペツィアの湾上に散在した小船の間に、シェリーの「エイリエル号」の船影はもはや求むべくもなかった。死体となって発見されたシェリーの上着ポケットの一方には『ソポクレス戯曲集』が、他方にはリー・ハントから借りた『キーツ詩集』が入っていたが、それは丁度「聖アグネスの前夜」（*The Eve of St. Agnes*）のところが開けられ、折り合わされてあった。レリチの浜辺で荼毘（だび）に付されたとき、不思議にシェリーの心臓だけは焼けなかったという。これはリー・ハントに渡されたが、後にメアリーに渡され、今はメアリーと共に南英のボンマスの聖ペテロ教区教会（The Parish Church of St. Peter,

Bournemouth)の墓地に埋葬されてある。その墓碑には、表の面にシェリーとメアリーと息子フローレンスの名が、裏の面にはゴドウィン夫妻の名が刻まれている。シェリーは当初ローマのラ・ピラミデ・ディ・カイオ・チェスティーオとポルタ・サン・パオーロのすぐ近くにあるチミテーロ・アカットーリコ(プロテスタント墓地)に葬られた。そこにある墓石には表面には、リー・ハントの撰によってCOR CODIUM(心の心)、そしてその下部にはE・J・トリロニの撰によって、シェリー生前の愛誦句、シェイクスピアの『あらし』第一幕第二場にある、妖精エイリエルが歌う次の三行が付け加えられ、刻まれた。

Nothing of him that death fade
But doth suffer a Sea-change
Into something rich and strange.
(Shakespeare's *Tempest*, I. ii. 309–401)

むくろは朽ちずわだつみの

力によりてゆたかにも
奇しきものとなりにけり。

（豊田実訳、岩波文庫、一九六四年、五四頁）

「エイリエル号」はシェリーの最後の傑作『生の凱旋歌』(*The Triumph of Life*)を未完のままその船上に残した。三十年の短い、しかし激しい詩魂のたたかいの生涯であった。

＊

ギリシャ神話におけるプロメテウス

シェリーの『鎖を解かれたプロメテウス』のもととなったのはアイスキュロスのプロメテウス劇(三部作、一部欠損)である。そのことはシェリー自身が「序文」で書いているところからも知られるのであるが、一般に知られているプロメテウス神話では、プロメテウスが人類に同情して火を与えようとし、このことをジュピター(ゼウス)に願ったが、ジュピターは、もし人間に火を持たせると、人類の力も知恵も神に迫り、神々を苦しめるようになるだろうから、神々の世界を安泰に、いつまでも幸福に栄えさせるためには、人類を無知の状態のままにしておいたほうがよいとして、ジュピターはプロメテウスの願いをはねつけてしまう。それでもプロメテウスの決心は変わらなかった。彼はついに浜辺から一本の葦の髄をとり、日輪の炎に駆け寄り、火を盗み、それを人間に与えた。このようにして人類は初めて火の文化の恩恵に浴することになった。ジュピターは大いに怒り、人類に禍を与え、プロメテウスをスキュティアの山中に鎖で繋ぎ、昼は鷲にその肝臓を食べさせる、そして夜になるとそれは再生し、昼になるとまたつつかせる、という苦しみを与えたが、力の神ヘラクレスからその鎖をはずしてもらって解放されたというのである。

アイスキュロスのプロメテウス

アイスキュロスの『鎖に縛られたプロメテウス』では、かつて神々が争ったとき、巨人族のプロメテウスは、ジュピターに加勢して勝たせた、その恩をないがしろにして自分に反抗した巨人族のものたちを地獄の奈落に閉じ込め、新しい人間を作ろうとした。プロメテウスは人類のためを思い、天から火を盗み、人間に与え、その使い方や技術を教えたが、これはジュピターの怒りを買うことになり、苦しい刑罰としてスキュティアの山上の岩に鎖で縛られ、鷲に肝臓をついばまれるなど、日夜苦しめられることになる。神であるプロメテウスは永遠に不死であるから、その死によって苦しみに終わりがもたらされることがない。永遠の苦しみであった。プロメテウスはジュピターを罵倒する。プロメテウスは、ジュピターが海神の娘テティスと結婚すれば、その子は親よりも強大となり、神々の主権を奪うという運命の予言を知っている。それを胸に秘め、暴虐なジュピターが滅ぶまで耐え忍ぼうとする。ジュピターはヘラクレスを遣わし、プロメテウスにその秘密を言わせようとする。しかし、プロメテウスはこの束縛が解かれなければ絶対にその秘密は教えないと頑固に言い張り、ますますジュピターを罵る。こうして、プロメテウスは雷電疾風のうちに黄泉の底のタルタロスに投げこまれることになる。『鎖に縛られたプロメテウス』は、プロメテウスの次のような台詞で幕を閉じる。「大地が揺らぐ。雷鳴の轟き、……大空も大海も震える。見よ。ラッパの音も高らかに進んでくる。恐怖をもって我を撃たんと、ゼウスの一隊が急ぎ来る。おお、母よ、尊き母よ、……我、いかに邪悪の苦しめを受けるか見守り給まえ。」

しかし、アイスキュロスの三部作『プロメテウス』のうちの『鎖に縛られたプロメテウス』以外に残存する断片などから想像すると、プロメテウスは長く苦しい刑罰の後、スキュティアの山の上の岩に鎖で縛られている姿で舞台に登場し、もし誰かプロメテウスの身代わりとなって永遠の生命を捨て、黄泉に行くものがあれば、プロメテウスの鎖を解くということになる。ちょうどそのとき、半獣神ケイロンがヘラクレスの毒矢に当たったが、永遠の生命はプロメテウスに与え、自分は黄泉に行っていいと言うので、ヘラクレスがこのことをジュピターに願い、プロメテウスの鎖は解かれる。そこでプロメテウスは自由となり、ジュピターに対して、もしジュピターがテティスと結婚すればその位をも奪う絶大な権力を持つ子が生まれることを告げたので、ジュピターはテティスとの結婚をあきらめ、テティスを人間ペレウスに与えたことになっている。

シェリーのプロメテウス

一方、シェリーはアイスキュロスのこのようなプロメテウスの扱いを暴虐な権力への妥協と見る。シェリーはプロメテウスの解放を精神や心意の内に置いた。プロメテウスが権力、支配、暴力等に対する根本的否定と抵抗を捨てず、しかも暴虐なるジュピターへの呪詛、憎悪、敵意から解脱をなし、愛(アシア)との合一が成就したときに初めて、真の自由、理想が勝ち得られ、一方、悪意に満ちた暴虐なる権力は、自らの暴虐なる力によって滅没するのだという信念に立つ。シェリーのこの『鎖を解かれたプロメテウス』が、憎しみの念より解放されたプロメテウスの心意の中から語りだされる台詞で幕があげられる所以もここにある。また、シェリーの経歴において見られる神否定と思われるような言動から、彼のキリスト教に対する態度がとかく批判されるにもかかわらず、暴虐な力そのものであるジュピターを、その力そのものによって滅没させることは、「すべて剣をとる者は剣にて亡ぶるなり」(新約聖書『マタイ伝』第二六章五二節に見えるイエスの言葉)に限りなく親近性を持つ信念と言えるであろう。それと同時に、彼の急進的な進歩思想のうちに、この作品に結晶して表現されたような美・愛と理想の合一、暴力の否定、暴力による権力奪取の否定、暴力の自滅が信念となっていることは極めて重視さるべきモチーフである。

しかし、シェリーの『鎖を解かれたプロメテウス』は、新しい神話や教訓である前に詩である。理想や理念や思想である前に詩である。ギリシャ劇の形式に近い詩劇である前に純粋詩であり、抒情詩であることを忘れてはならない。このゆえにこそ、この詩劇の各幕の「時間」も劇的時間とするよりもすべて詩的象徴が主調となっているのである。また、大半は無韻詩で書かれてはいるが、まことに巧妙に使用されている複雑微妙な詩型は、シェリーの理念の中に生起去来した高い、深い、美しい思想や感情を運ぶ器として、まことに当を得たものと頷かれる。V・D・スカダー女史によれば、これらの詩型は、三十五、六種を数える。シェリーはこの作品で自分の詩的才能を余すところなく出し尽くしたのではないかという印象さえ与える。この詩型の諸相や思想感情の動きの醸し出す夢幻絶佳の詩的相乗との一致を、言語組織の異なる外国語に移植するということは到底不可能である。この点について、訳者の翻訳態度と方法については、「訳者まえがき」を参照していただきたい。

スペツィアの沖合で溺死した一八二二年の二年前、すなわち、シェリー二十八歳のときに出版されたこの作品は、まことに彼の面目のみならず、英詩の精髄を遺憾なく発揮している。シェリーが溺死したのは、キーツの病死を追うようにその翌年のことであり、バイロンがギリシャの地で客死する二年前であった。シェリーが突き進んだ思想のある面は、今日の私たちの問題でもあるが、後年、イギリスの思想家たち、政治家たちに与えた影響には深いものがある。だが、それにもまして、シェリーの詩魂こそ、英詩の伝統の中に永遠に生きていくであろう。

＊

テキストおよび参照資料

本改訳・改訂版を作成するに当たっては、初版の場合と同様に、W. J. Alexander (ed.): *Select Poems of Shelley*, 1898 所収の *Prometheus Unbound* に拠った。ただし、この翻訳の初版は一九五七年であったが、それ以降、内外のシェリー研究は、一九九二年のシェリー誕生二百年、シェリー国際学会(主題は「シェリー、詩人にして非公認の立法者」。ニューヨーク、キーツ・シェリー協会主催)を画期的なピークとして、大きな進展をしてきた。特に、シェリーの手稿の復刻出版やそれに伴う研究、ノートブックや書簡等の研究、メアリー・シェリーや、ゴドウィンやM・ウルストンクラフト等、シェリーをめぐる周辺の人々や詩人たちにまで及ぶ研究には著しいものがある。当然のことながら、それと並行してテキストや校訂についても、全集に関しては、G・E・ウッドベリ編のオックスフォード版や、T・ハッチンスン編のケンブリッジ版に替わり、ジュリアン版(Roger Ingpen and W. E. Peck (eds.): *The Complete Works of P. B. Shelley*, 10 vols., London)が、より充実したものとなった。現在進行中のライマンとフレイスタト共編の『シェリー作品集』(D. H. Reiman and N. Fraistat (eds.): *The Complete Poetry of Percy Bysshe Shelley*〔第一巻のみ既刊。『鎖を解かれたプロメテウス』は未刊〕)はシェリーの全詩作品を年代に即して編集するものであって、校訂においても、ジュリアン版を凌ぐものとなるであろう。また、これらの全集や作品のほかに、『鎖を解かれたプロメテウス』についての優れた解釈、研究を提供してくれているバター(P. H. Butter (ed.): *Shelley/Alastor, Prometheus Unbound, Adonais*)やヒューズ(A. M. D. Hughes: *Shelley's Poems Published in 1820*)やグレイボー(C. H. Grabo: *Prometheus Unbound, An Interpretation*)や、ロコック(C. D. Locock: *Shelley's Poems*)や、ワッサマン(B. R. Wasserman: *Shelley's Prometheus Unbound*)や、ウィーヴァー(B. Weaver: *Prometheus Unbound*)等の著作、その他、近年の諸研究、論叢は、今回の改訳に際してさらに綿密に参照した。

　エリスのコンコーダンス(F. S. Ellis: *A Lexical Concordance to Shelley's Poetical Works*)と、ツィルマンの『シェリーの「鎖を解かれたプロメテウス」異稿版』(L. J. Zillman: *Shelley's Prometheus Unbound, A Variorum Edition*)と、ライマン(D. H. Reiman (ed.): *Shelley and His Circle*)の三書は不可欠の資料として常時座右にし、恩恵を受けた。伝記についても、ダウデンの伝記(E. Dowden: *The Lite of Percy Bysshe Selley*, vols. I-II)やホワイトの

伝記(N. I. White : *Shelley*, vols. I–II)に加え、現在においては、シェリーの作品をその足跡とともに踏まえ、さらに綿密な叙述をしているホウムズの伝記(R. Holmes : *Shelley, The Pursuit*)が斯界(しかい)の研究に大きく貢献している。

本改訳・改訂版においては改めてこれらの諸資料を参照し、W・J・アレギザンダーのテキストには再検討を加えつつ訳稿を進め、訳註も大幅に書き改めることができた。

石川重俊

鎖を解かれたプロメテウス　シェリー作

1957 年 8 月 26 日　第 1 刷発行
2003 年 10 月 16 日　改版第 1 刷発行
2023 年 7 月 27 日　第 3 刷発行

訳　者　石川重俊（いしかわしげとし）

発行者　坂本政謙

発行所　株式会社 岩波書店
〒101-8002 東京都千代田区一ツ橋 2-5-5
案内 03-5210-4000　営業部 03-5210-4111
文庫編集部 03-5210-4051
https://www.iwanami.co.jp/

印刷・精興社　製本・中永製本

ISBN 978-4-00-322301-7　Printed in Japan

読書子に寄す

—岩波文庫発刊に際して—

岩波茂雄

　真理は万人によって求められることを自ら欲し、芸術は万人によって愛されることを自ら望む。かつては民を愚昧ならしめるために学芸が最も狭き堂宇に閉鎖されたことがあった。今や知識と美とを特権階級の独占より奪い返すことはつねに進取的なる民衆の切実なる要求である。岩波文庫はこの要求に応じそれに励まされて生まれた。それは生命ある不朽の書を少数者の書斎と研究室とより解放して街頭にくまなく立たしめ民衆に伍せしめるであろう。近時大量生産予約出版の流行を見る。その広告宣伝の狂態はしばらくおくも、後代にのこすと誇称する全集がその編集に万全の用意をなしたるか。千古の典籍の翻訳企図に敬虔の態度を欠かざりしか。さらに分売を許さず読者を繋縛して数十冊を強うるがごとき、はたしてその揚言する学芸解放のゆえんなりや。吾人は天下の名士の声に和してこれを推挙するに躊躇するものである。このときにあたって、岩波書店は自己の責務のいよいよ重大なるを思い、従来の方針の徹底を期するため、すでに十数年以前より志して来た計画を慎重審議この際断然実行することにした。吾人は範をかのレクラム文庫にとり、古今東西にわたって文芸・哲学・社会科学・自然科学等種類のいかんを問わず、いやしくも万人の必読すべき真に古典的価値ある書をきわめて簡易なる形式において逐次刊行し、あらゆる人間に須要なる生活向上の資料、生活批判の原理を提供せんと欲する。この文庫は予約出版の方法を排したるがゆえに、読者は自己の欲する時に自己の欲する書物を各個に自由に選択することができる。携帯に便にして価格の低きを最主とするがゆえに、外観を顧みざるも内容に至っては厳選最も力を尽くし、従来の岩波出版物の特色をますます発揮せしめようとする。この計画たるや世間の一時の投機的なるものと異なり、永遠の事業として吾人は微力を傾倒し、あらゆる犠牲を忍んで今後永久に継続発展せしめ、もって文庫の使命を遺憾なく果たさしめることを期する。芸術を愛し知識を求むる士の自ら進んでこの挙に参加し、希望と忠言とを寄せられることは吾人の熱望するところである。その性質上経済的には最も困難多きこの事業にあえて当たらんとする吾人の志を諒として、その達成のため世の読書子とのうるわしき共同を期待する。

昭和二年七月

《法律・政治》〔白〕

- 人権宣言集　高木八尺・末延三次・宮沢俊義 編
- 新版 世界憲法集 第二版　高橋和之 編
- 君主論　マキアヴェッリ／河島英昭 訳
- フィレンツェ史 全二冊　マキァヴェッリ／齊藤寛海 訳
- リヴァイアサン 全四冊　ホッブズ／水田洋 訳
- 法の精神 全三冊　モンテスキュー／野田良之・稲本洋之助・上原行雄・田中治男・三辺博之・横田地弘 訳
- 教育に関する考察　ロック／服部知文 訳
- 完訳 統治二論　ジョン・ロック／加藤節 訳
- 寛容についての手紙　ジョン・ロック／加藤節・李静和 訳
- キリスト教の合理性　ジョン・ロック／加藤節 訳
- ルソー 社会契約論　桑原武夫・前川貞次郎 訳
- アメリカのデモクラシー 全四冊　トクヴィル／松本礼二 訳
- リンカーン演説集　高木八尺・斎藤光 訳
- 権利のための闘争　イェーリング／村上淳一 訳
- 近代人の自由と古代人の自由・征服の精神と簒奪 他一篇　コンスタン／堤林剣・堤林恵 訳
- 民主主義の本質と価値 他一篇　ハンス・ケルゼン／長尾龍一・植田俊太郎 訳
- 外交談判法　カリエール／坂野正高 訳
- 危機の二十年 —理想と現実　E・H・カー／原彬久 訳
- ザ・フェデラリスト　A・ハミルトン、J・ジェイ、J・マディソン／斎藤眞・中野勝郎 訳
- アメリカの黒人演説集 —キング・マルコムX・モリスン 他　荒このみ 編訳
- モーゲンソー 国際政治 —権力と平和 全三冊　原彬久 監訳
- ポリアーキー　ロバート・A・ダール／高畠通敏・前田脩 訳
- 現代議会主義の精神史的状況 他一篇　カール・シュミット／樋口陽一 訳
- 政治的なものの概念　カール・シュミット／権左武志 訳
- 第二次世界大戦外交史 全二冊　芦田均
- 憲法講話　美濃部達吉
- 日本国憲法　長谷部恭男 解説
- 民主体制の崩壊 —危機・崩壊・再均衡　ファン・リンス／横田正顕 訳
- 憲法　鵜飼信成

《経済・社会》〔白〕

- 政治算術　ペティ／大内兵衛・松川七郎 訳
- 国富論 全四冊　アダム・スミス／水田洋 監訳、杉山忠平 訳
- 法学講義　アダム・スミス／水田洋 訳
- コモン・センス 他三篇　トーマス・ペイン／小松春雄 訳
- 経済学における諸定義　マルサス／玉野井芳郎 訳
- オウエン自叙伝　ロバアト・オウエン／五島茂 訳
- 戦争論 全三冊　クラウゼヴィッツ／篠田英雄 訳
- 自由論　J・S・ミル／塩尻公明・木村健康 訳
- 大学教育について　J・S・ミル／竹内一誠 訳
- 功利主義　J・S・ミル／関口正司 訳
- イギリス国制論 全二冊　バジョット／遠山隆淑 訳
- ユダヤ人問題によせて ヘーゲル法哲学批判序説　マルクス／城塚登 訳
- 経済学・哲学草稿　マルクス／城塚登・田中吉六 訳
- 新編輯版 ドイツ・イデオロギー　マルクス、エンゲルス／廣松渉 編訳、小林昌人 補訳
- マルクス エンゲルス 共産党宣言　大内兵衛・向坂逸郎 訳
- 賃労働と資本　マルクス／長谷部文雄 訳
- 賃銀・価格および利潤　マルクス／長谷部文雄 訳
- マルクス 経済学批判　武田隆夫・遠藤湘吉・大内力・加藤俊彦 訳
- マルクス 資本論 全九冊　エンゲルス 編／向坂逸郎 訳
- トロツキー わが生涯 全二冊　森田成也・志田昇 訳

空想より科学へ —社会主義の発展 エンゲルス 大内兵衛訳
帝国主義論 全二冊 ホブスン 矢内原忠雄訳
帝国主義 レーニン 宇高基輔訳
国家と革命 レーニン 宇高基輔訳
ローザ・ルクセンブルク 獄中からの手紙 秋元寿恵夫訳
雇用、利子および貨幣の一般理論 全二冊 ケインズ 間宮陽介訳
シュムペーター 経済発展の理論 全二冊 塩野谷祐一 中山伊知郎 東畑精一 訳
シュムペーター 経済学史 —学説ならびに方法の諸段階 中山伊知郎 東畑精一 訳
租税国家の危機 シュムペーター 木村元一 小谷義次 訳
日本資本主義分析 山田盛太郎
恐慌論 宇野弘蔵
経済原論 宇野弘蔵
資本主義と市民社会 他十四篇 大塚久雄 齋藤英里編
共同体の基礎理論 他六篇 大塚久雄 小野塚知二編
ユートピアだより ウィリアム・モリス 川端康雄訳
社会科学と社会政策にかかわる認識の「客観性」 マックス・ヴェーバー 富永祐治 立野保男 訳 折原浩補訳
プロテスタンティズムの倫理と資本主義の精神 マックス・ヴェーバー 大塚久雄訳

職業としての学問 マックス・ヴェーバー 尾高邦雄訳
社会学の根本概念 マックス・ヴェーバー 清水幾太郎訳
職業としての政治 マックス・ヴェーバー 脇圭平訳
古代ユダヤ教 全三冊 マックス・ヴェーバー 内田芳明訳
宗教と資本主義の興隆 歴史的研究 全二冊 トーニー 出口勇蔵・越智武臣訳
世論 全二冊 リップマン 掛川トミ子訳
鯰絵 —民俗的想像力の世界 C・アウエハント 小松和彦・中沢新一・飯島吉晴・古家信平訳
贈与論 他二篇 マルセル・モース 森山工訳
国民論 他二篇 マルセル・モース 森山工編訳
ヨーロッパの昔話 その形と本質 マックス・リュティ 小澤俊夫訳
独裁と民主政治の社会的起源 —近代世界形成過程における領主と農民 全二冊 バリントン・ムーア 宮崎隆次 森山茂徳 高橋直樹 訳
大衆の反逆 オルテガ・イ・ガセット 佐々木孝訳

《自然科学》〔青〕

ヒポクラテス医学論集 國方栄二編訳
科学と仮説 ポアンカレ 河野伊三郎訳
ロウソクの科学 ファラデー 竹内敬人訳
種の起原 全二冊 ダーウィン 八杉龍一訳

自然発生説の検討 パストゥール 山口清三郎訳
完訳 ファーブル昆虫記 全十冊 山田吉彦 林達夫 訳
科学談義 T・H・ハックスリ 小泉丹訳
メンデル 雑種植物の研究 岩槻邦男 須原準平 訳
アインシュタイン 相対性理論 内山龍雄訳・解説
相対論の意味 アインシュタイン 矢野健太郎訳
アインシュタイン 一般相対性理論 小玉英雄編訳・解説
自然美と其驚異 ジョン・ラバック 板倉勝忠訳
ダーウィニズム論集 八杉龍一編訳
ニールス・ボーア論文集1 因果性と相補性 山本義隆編訳
ニールス・ボーア論文集2 量子力学の誕生 山本義隆編訳
ハッブル 銀河の世界 戎崎俊一訳
パロマーの巨人望遠鏡 全二冊 D・O・ウッドベリー 関正雄 湯澤博 成相恭二 訳
生物から見た世界 ユクスキュル クリサート 日高敏隆 羽田節子 訳
ゲーデル 不完全性定理 林晋 八杉満利子 訳
日本の酒 坂口謹一郎
生命とは何か —物理的にみた生細胞 シュレーディンガー 岡小天 鎮目恭夫 訳

ウィーナー サイバネティックス —動物と機械における制御と通信 池原止戈夫・彌永昌吉・室賀三郎・戸田巌 訳

熱輻射論講義 マックス・プランク 西尾成子 訳

コレラの感染様式について ジョン・スノウ 山本太郎 訳

20世紀科学論文集 現代宇宙論の誕生 須藤靖 編

高峰譲吉文集 いかにして発明国民となるべきか 鈴木淳 編

相対性理論の起原 他四篇 廣重徹 西尾成子 編

《イギリス文学》〔赤〕

ユートピア　トマス・モア　平井正穂訳
完訳カンタベリー物語　全三冊　チョーサー　桝井迪夫訳
ヴェニスの商人　シェイクスピア　中野好夫訳
十二夜　シェイクスピア　小津次郎訳
ハムレット　シェイクスピア　野島秀勝訳
オセロウ　シェイクスピア　菅泰男訳
リア王　シェイクスピア　野島秀勝訳
マクベス　シェイクスピア　木下順二訳
ソネット集　シェイクスピア　高松雄一訳
ロミオとジューリエット　シェイクスピア　平井正穂訳
リチャード三世　シェイクスピア　木下順二訳
対訳シェイクスピア詩集 —イギリス詩人選(1)　柴田稔彦編
から騒ぎ　シェイクスピア　喜志哲雄訳
冬物語　シェイクスピア　桒山智成訳
言論・出版の自由 —アレオパジティカ　他一篇　ミルトン　原田純訳
失楽園　全二冊　ミルトン　平井正穂訳

奴婢訓　他一篇　スウィフト　深町弘三訳
ガリヴァー旅行記　スウィフト　平井正穂訳
ジョウゼフ・アンドルーズ　全二冊　フィールディング　朱牟田夏雄訳
トリストラム・シャンディ　全三冊　ロレンス・スターン　朱牟田夏雄訳
ウェイクフィールドの牧師 —むだばなし　ゴールドスミス　小野寺健訳
幸福の探求 —アビシニアの王子ラセラスの物語　サミュエル・ジョンソン　朱牟田夏雄訳
対訳ブレイク詩集 —イギリス詩人選(4)　松島正一編
対訳ワーズワス詩集 —イギリス詩人選(3)　山内久明編
湖の麗人　スコット　入江直祐訳
キプリング短篇集　橋本槙矩編訳
高慢と偏見　全二冊　ジェーン・オースティン　富田彬訳
ジェイン・オースティンの手紙　新井潤美編訳
マンスフィールド・パーク　全二冊　ジェイン・オースティン　新井潤美・宮丸裕二訳
エリア随筆抄　チャールズ・ラム　南條竹則編訳
デイヴィッド・コパフィールド　全五冊　ディケンズ　石塚裕子訳
炉辺のこほろぎ　ディケンズ　本多顕彰訳
ボズのスケッチ　短篇小説篇　全二冊　ディケンズ　藤岡啓介訳

アメリカ紀行　全二冊　ディケンズ　伊藤弘之・下笠徳次・隈元貞広訳
イタリアのおもかげ　ディケンズ　伊藤弘之・下笠徳次・隈元貞広訳
大いなる遺産　全二冊　ディケンズ　石塚裕子訳
荒涼館　全四冊　ディケンズ　佐々木徹訳
ジェイン・エア　全二冊　シャーロット・ブロンテ　河島弘美訳
サイラス・マーナー　ジョージ・エリオット　土井治訳
嵐が丘　全二冊　エミリー・ブロンテ　河島弘美訳
アルプス登攀記　全二冊　ウィンパー　浦松佐美太郎訳
アンデス登攀記　全二冊　ウィンパー　大貫良夫訳
ジーキル博士とハイド氏　スティーヴンスン　海保眞夫訳
南海千一夜物語　スティーヴンスン　中村徳三郎訳
若い人々のために　他十一篇　スティーヴンスン　岩田良吉訳
怪談 —不思議なことの物語と研究　ラフカディオ・ハーン　平井呈一訳
ドリアン・グレイの肖像　オスカー・ワイルド　富士川義之訳
サロメ　ワイルド　福田恆存訳
嘘から出た誠　ワイルド　岸本一郎訳
童話集幸福な王子　他八篇　オスカー・ワイルド　富士川義之訳

分らぬもんですよ　バァナード・ショウ　市川又彦訳
ヘンリ・ライクロフトの私記　ギッシング　平井正穂訳
南イタリア周遊記　ギッシング　小池滋訳
闇の奥　コンラッド　中野好夫訳
密偵　コンラッド　土岐恒二訳
対訳イェイツ詩集　高松雄一編
月と六ペンス　モーム　行方昭夫訳
人間の絆　全三冊　モーム　行方昭夫訳
サミング・アップ　モーム　行方昭夫訳
モーム短篇選　全二冊　行方昭夫編訳
アシェンデン　―英国情報部員のファイル　モーム　中島賢二・岡田久雄訳
お菓子とビール　モーム　行方昭夫訳
ダブリンの市民　ジョイス　結城英雄訳
荒地　T・S・エリオット　岩崎宗治訳
悪口学校　シェリダン　菅泰男訳
サキ傑作集　河田智雄訳
オーウェル評論集　小野寺健編訳

パリ・ロンドン放浪記　ジョージ・オーウェル　小野寺健訳
動物農場　―おとぎばなし　ジョージ・オーウェル　川端康雄訳
対訳キーツ詩集　―イギリス詩人選(10)　宮崎雄行編
キーツ詩集　中村健二訳
阿片常用者の告白　ド・クインシー　野島秀勝訳
オルノーコ　美しい浮気女　アフラ・ベイン　土井治訳
解放された世界　H・G・ウェルズ　浜野輝訳
大転落　イヴリン・ウォー　富山太佳夫訳
回想のブライズヘッド　全二冊　イーヴリン・ウォー　小野寺健訳
愛されたもの　イーヴリン・ウォー　中村健二・出淵博訳
対訳ジョン・ダン詩集　―イギリス詩人選(2)　湯浅信之編
フォースター評論集　小野寺健編訳
白衣の女　全三冊　ウィルキー・コリンズ　中島賢二訳
アイルランド短篇選　橋本槙矩編訳
灯台へ　ヴァージニア・ウルフ　御輿哲也訳
狐になった奥様　ガーネット　安藤貞雄訳
フランク・オコナー短篇集　阿部公彦訳

たいした問題じゃないが　―イギリス・コラム傑作選　行方昭夫編訳
英国ルネサンス恋愛ソネット集　岩崎宗治編訳
文学とは何か　―現代批評理論への招待　全二冊　テリー・イーグルトン　大橋洋一訳
D・G・ロセッティ作品集　南條竹則・松村伸一編訳
真夜中の子供たち　全二冊　サルマン・ラシュディ　寺門泰彦訳

《アメリカ文学》〔赤〕

- ギリシア・ローマ神話 付インド・北欧神話　ブルフィンチ　野上弥生子訳
- 中世騎士物語　ブルフィンチ　野上弥生子訳
- フランクリン自伝　松本慎一　西川正身訳
- フランクリンの手紙　蕗沢忠枝編訳
- スケッチ・ブック 全二冊　アーヴィング　齊藤昇訳
- アルハンブラ物語 全二冊　アーヴィング　平沼孝之訳
- ウォルター・スコット邸訪問記　アーヴィング　齊藤昇訳
- 完訳 緋文字　ホーソーン　八木敏雄訳
- 哀詩 エヴァンジェリン　ロングフェロー　斎藤悦子訳
- 黒猫・モルグ街の殺人事件 他五篇　ポオ　中野好夫訳
- 対訳 ポー詩集 —アメリカ詩人選(1)　加島祥造編
- ユリイカ　ポオ　八木敏雄訳
- ポオ評論集　八木敏雄編訳
- 森の生活(ウォールデン) 全二冊　ソロー　飯田実訳
- 白鯨 全三冊　メルヴィル　八木敏雄訳
- ビリー・バッド　メルヴィル　坂下昇訳
- ホイットマン自選日記 全二冊　杉木喬訳
- 対訳 ホイットマン詩集 —アメリカ詩人選(2)　木島始編
- 対訳 ディキンソン詩集 —アメリカ詩人選(3)　亀井俊介編
- 不思議な少年　マーク・トウェイン　中野好夫訳
- 王子と乞食　マーク・トウェーン　村岡花子訳
- 人間とは何か　マーク・トウェイン　中野好夫訳
- ハックルベリー・フィンの冒険 全二冊　マーク・トウェイン　西田実訳
- いのちの半ばに　ビアス　西川正身訳
- 新編 悪魔の辞典　ビアス　西川正身編訳
- ねじの回転 デイジー・ミラー　ヘンリー・ジェイムズ　行方昭夫訳
- 荒野の呼び声　ジャック・ロンドン　海保眞夫訳
- ノリス 死の谷(マクティーグ) 全二冊　石田英二　井上宗次訳
- シスター・キャリー 全三冊　ドライサー　村山淳彦訳
- 響きと怒り 全二冊　フォークナー　平石貴樹　新納卓也訳
- アブサロム、アブサロム! 全二冊　フォークナー　藤平育子訳
- 八月の光 全二冊　フォークナー　諏訪部浩一訳
- 武器よさらば 全二冊　ヘミングウェイ　谷口陸男訳
- オー・ヘンリー傑作選　大津栄一郎訳
- 黒人のたましい　W・E・B・デュボイス　木島始　鮫島重俊　黄寅秀訳
- フィッツジェラルド短篇集　佐伯泰樹編訳
- アメリカ名詩選　亀井俊介　川本皓嗣編
- 青白い炎　ナボコフ　富士川義之訳
- 風と共に去りぬ 全六冊　マーガレット・ミッチェル　荒このみ訳
- 対訳 フロスト詩集 —アメリカ詩人選(4)　川本皓嗣編
- とんがりモミの木の郷 他五篇　セアラ・オーン・ジュエット　河島弘美訳

《歴史・地理》〔青〕

新訂 魏志倭人伝・後漢書倭伝・宋書倭国伝・隋書倭国伝 —中国正史日本伝1　石原道博編訳
新訂 旧唐書倭国日本伝・宋史日本伝・元史日本伝 —中国正史日本伝2　石原道博編訳
ヘロドトス 歴史 全三冊　松平千秋訳
トゥーキュディデース 戦史 全三冊　久保正彰訳
ガリア戦記　カエサル 近山金次訳
ランケ 世界史概観 —近世史の諸時代　鈴木成高 相原信作訳
ランケ自伝　林健太郎訳
歴史とは何ぞや　ベルンハイム 坂口昂 小野鉄二訳
歴史における個人の役割　プレハーノフ 木原正雄訳
古代への情熱 —シュリーマン自伝　シュリーマン 村田数之亮訳
アーネスト・サトウ 一外交官の見た明治維新 全二冊　坂田精一訳
ベルツの日記 全二冊　トク・ベルツ編 菅沼竜太郎訳
武家の女性　山川菊栄
インディアスの破壊についての簡潔な報告　ラス・カサス 染田秀藤訳
ラス・カサス インディアス史 全七冊　長南実訳 石原保徳編
コロンブス 全航海の報告　林屋永吉訳

戊辰物語　東京日日新聞社会部編
大森貝塚 —付 関連史料　E・S・モース 近藤義郎 佐原真編訳
ナポレオン言行録　オクターヴ・オブリ編 大塚幸男訳
中世的世界の形成　石母田正
日本の古代国家　石母田正
平家物語 他六篇　石母田正 高橋昌明編
クリオの顔 —歴史随想集　E・H・ノーマン 大窪愿二編訳
日本における近代国家の成立　E・H・ノーマン 大窪愿二訳
旧事諮問録 —江戸幕府役人の証言 全二冊　旧事諮問会編 進士慶幹校注
朝鮮・琉球航海記 —一八一六年アマースト使節団とともに　ベイジル・ホール 春名徹訳
アリランの歌 —ある朝鮮人革命家の生涯　ニム・ウェールズ キム・サン 松平いを子訳
さまよえる湖 全二冊　ヘディン 福田宏年訳
老松堂日本行録 —朝鮮使節の見た中世日本　宋希璟 村井章介校注
十八世紀パリ生活誌 —タブロー・ド・パリ 全二冊　メルシエ 原宏編訳
北槎聞略 —大黒屋光太夫ロシア漂流記　桂川甫周 亀井高孝校訂
ヨーロッパ文化と日本文化　ルイス・フロイス 岡田章雄訳注
ギリシア案内記 全二冊　パウサニアス 馬場恵二訳

西遊草　清河八郎 小山松勝一郎校注
オデュッセウスの世界　フィンリー 下田立行訳
東京に暮す —一九二八～一九三六　キャサリン・サンソム 大久保美春訳
ミカド —日本の内なる力　W・E・グリフィス 亀井俊介訳
増補 幕末百話　篠田鉱造
幕末明治 女百話 全二冊　篠田鉱造
トゥバ紀行　メンヒェン＝ヘルフェン 田中克彦訳
徳川時代の宗教　R・N・ベラー 池田昭訳
ある出稼石工の回想　マルタン・ナド 喜安朗訳
植物巡礼 —プラント・ハンターの回想　F・キングドン-ウォード 塚谷裕一訳
モンゴルの歴史と文化　ハイシッヒ 田中克彦訳
ダンピア 最新世界周航記 全二冊　平野敬一訳
ローマ建国史 全三冊(既刊上巻)　リーウィウス 鈴木一州訳
元治夢物語 —幕末同時代史　馬場文英 徳田武校注
フランス・プロテスタントの反乱 —カミザール戦争の記録　カヴァリエ 二宮フサ訳
ニコライの日記 —ロシア人宣教師が生きた明治日本 全三冊　中村健之介編訳
徳川制度 全三冊・補遺　加藤貴校注

第二のデモクラテス
戦争の正当原因についての対話
セプールベダ
染田秀藤訳

ユグルタ戦争 カティリーナの陰謀
サルスティウス
栗田伸子訳

史的システムとしての資本主義
ウォーラーステイン
川北稔訳

岩波文庫の最新刊

グレゴリー・ベイトソン著／佐藤良明訳
精神の生態学へ (中)

コミュニケーションの諸形式を分析し、精神病理を「個人の心」から解き放つ。中巻は学習理論・精神医学篇。ダブルバインドの概念、アルコール依存症の解明など。（全三冊）〔青N六〇四-三〕 **定価一二一〇円**

イーディス・ウォートン作／河島弘美訳
無垢の時代

二人の女性の間で揺れ惑う青年の姿を通して、時代の変化にさらされる〈オールド・ニューヨーク〉の社会を鮮やかに描く。ピューリッツァー賞受賞作。〔赤三四五-一〕 **定価一五〇七円**

バジョット著／宇野弘蔵訳
ロンバード街
―ロンドンの金融市場―

一九世紀ロンドンの金融市場を観察し、危機発生のメカニズムや「最後の貸し手」としての中央銀行の役割について論じた画期的著作。改版。（解説＝翁邦雄）〔白一二二-一〕 **定価一三五三円**

道籏泰三編
中上健次短篇集

中上健次（一九四六―一九九二）は、怒り、哀しみ、優しさに溢れた人間のあり方を短篇小説で描いた。『十九歳の地図』『ラプラタ綺譚』等、十篇を精選。〔緑二三〇-一〕 **定価一〇〇一円**

……今月の重版再開……

井原西鶴作／横山重校訂
好色一代男

定価九三五円 〔黄二〇四-一〕

ヴェブレン著／小原敬士訳
有閑階級の理論

定価一二一〇円 〔白二〇八-一〕